MON PETIT POTIRON

UN ALIEN POUR LES FÊTES

MARINA SIMCOE

Mon Petit Potiron
Copyright © 2024, 2025 Marina Simcoe

Marina Simcoe
Marina.Simcoe@Yahoo.com
Facebook/Marina Simcoe Author

Ce livre est une œuvre de fiction. Les noms, les personnages, les lieux et les
événements sont le fruit de l'imagination de l'auteur. Les noms locaux et de
lieux publics sont utilisés pour créer l'ambiance du roman. Toute ressemblance
avec des personnes réelles, vivantes ou mortes, ou avec des entreprises, des
sociétés, des événements, des institutions ou des lieux est totalement fortuite.

Traduit par Sabine Mann
Relecture par Kahina O.
Mon Petit Potiron est un roman d'amour de science-fiction. Ce livre est destiné
à un public adulte.

CHAPITRE 1

CASSY, 10 ANS

— **J**e veux celle-là ! criai-je en me jetant sur la plus grosse citrouille de l'étalage. Elle était si énorme que le fermier l'avait posée par terre, et non pas dans le chariot avec les autres.

Maman me tapota l'épaule.

— Cassy, mon bébé, elle ne peut même pas rentrer dans notre appartement. Elle sourit d'un air désolé à l'homme qui vendait les citrouilles au marché fermier de notre quartier.

Mais je refusais de lâcher prise. C'était la plus grosse citrouille que j'avais jamais vue. Mes bras n'arrivaient même pas à en faire le tour.

Je la voulais.

— Je la garderai dans ma chambre. Je pousserai mon lit contre le mur pour lui faire de la place, mais ça en vaut la peine.

— Cassidy, la voix de maman prit ce ton sévère, qu'elle avait toujours quand elle m'appelait par mon prénom complet. Nous ne prendrons pas celle-là. On n'arrive même pas à la soulever.

Comment allons-nous la porter jusqu'à notre immeuble ? Choisis-en une autre.

Le fermier me sourit, désignant le chariot rempli à ras bord de citrouilles orange vif.

— J'en ai tout un chariot. Tu vois ? Tu en trouveras sûrement une qui te plaît là-dedans.

J'envisageai brièvement de taper du pied et de pleurnicher un peu. Ça m'aidait rarement à obtenir ce que je voulais. Mais quand nous étions en public, Maman cédait parfois juste pour me faire taire.

À son expression, cependant, c'était peu probable aujourd'hui. Maman avait les bras croisés sur sa poitrine. Ses yeux brun foncé s'étaient plissés. Et ses lèvres étaient pincées dans cette expression peu impressionnée qu'elle avait quand je faisais des caprices.

— D'accord.

J'abandonnai et descendis de la citrouille géante, puis me traînai vers le chariot rempli de citrouilles plus petites et bien moins impressionnantes.

Elles étaient pas mal. Certaines parfaitement rondes, d'autres avec des formes bizarres, écrasées ou allongées. Mais aucune ne semblait assez bien comparée à cette citrouille géante.

Quelque chose scintilla au fond du tas. Une lueur orange brilla depuis l'obscurité entre les sphères.

— Oh, qu'est-ce que c'est ? m'écriai-je en forçant sur mes muscles à peine existants, pour rouler deux ou trois citrouilles et dégager celle qui brillait.

Celle-ci était petite, beaucoup plus petite que les autres. Elle rentrerait facilement dans ma chambre. Je n'aurais même pas besoin de déplacer les meubles pour l'accueillir. Elle tiendrait sur mon étagère. Ou même sur le rebord de la fenêtre.

— Et celle-là ? Je la présentai à ma mère.

— Je ne pense pas que ce soit une citrouille, ma puce, dit-elle en me la prenant des mains et en la retournant entre ses doigts.

La lueur s'arrêta quand elle la saisit. Mais je l'aimais toujours. Elle était lisse et d'un ton orange légèrement plus vif que les autres.

— Je veux celle-là, insistai-je.

Maman semblait dubitative.

— On dirait du plastique. Tu ne pourras pas la sculpter, expliqua-t-elle, puis elle se tourna vers le fermier. Qu'est-ce que c'est, en fait ?

Il se frotta la nuque.

— Aucune idée. Je ne sais pas comment elle est arrivée là. Est-ce à vous, Linda ? demanda-t-il à la vendeuse à sa gauche, une femme potelée vêtue d'un magnifique pull imprimé de chats noirs qui vendait des décorations d'Halloween faites maison.

— Non, répondit-elle en secouant la tête. Ça ne peut pas être une des miennes. Vous avez dû l'apporter de la ferme. Elle était enfouie au fond de votre chariot.

Si personne ne la vendait, alors je l'avais trouvée. Et ce qu'on trouve, on le garde, non ? J'entourai ma nouvelle citrouille fermement de mes bras.

Maman hésita.

— C'est peut-être le jouet de quelqu'un ? Un enfant l'aurait perdu ? On devrait l'apporter aux objets trouvés.

— Mais elle n'est pas perdue. Elle est à moi, protestai-je.

La citrouille brilla doucement à nouveau. Quand je la serrai contre ma poitrine, je la sentis pulser chaudement. Je souris, l'imaginant déjà dans ma chambre. Je n'aurais même pas besoin de mettre une bougie à l'intérieur puisqu'elle brillait toute seule.

— Eh bien, Linda a peut-être raison, conclut le fermier en se grattant le menton. Elle est peut-être venue de la ferme avec nous. Quoique je ne sais pas comment elle est arrivée à la ferme non plus.

— Je veux l'acheter, dis-je en rappelant aux adultes l'objectif de notre venue. Maman et moi étions venues pour acheter une citrouille pour Halloween. Et j'en avais choisi une.

Maman regarda autour d'elle.

— Bon, si elle n'appartient à personne...

— Elle m'appartient, dis-je résolument. Ce qu'on trouve, on le garde.

Le fermier rit.

— C'est bon. Garde-la, tout simplement, dit-il avec un geste de la main.

— Combien ça coûte ? demanda Maman en ouvrant son sac.

L'homme haussa les épaules.

— Je ne sais même pas comment la facturer. Elle n'a clairement pas poussé dans ma ferme. Prenez-la, c'est tout.

Heureuse d'avoir finalement obtenu ce que je voulais, je les laissai régler les détails entre eux. Serrant ma citrouille contre ma poitrine, je sautillai vers le stand voisin qui vendait des brochettes de guimauves décorées de façon fantaisiste. Maman m'en achetait toujours une quand nous venions au marché fermier juste avant Halloween. J'adorais venir ici.

C'était le meilleur jour de tous les temps.

UN AN PLUS TARD

J'ouvris la porte de notre appartement et suspendis mon cartable au crochet près de la porte.

C'était calme. L'appartement était vide. Maman travaillait de longues heures à l'hôpital en tant qu'infirmière. Elle ne rentrerait que tard dans la soirée. Papa ne serait pas de retour avant le surlendemain. Il travaillait comme pilote et était souvent absent plusieurs jours d'affilée.

Quand j'étais plus petite, ils avaient essayé d'organiser leurs horaires de travail pour que l'un d'entre eux soit toujours à la maison avec moi. Occasionnellement, quand leurs horaires se chevauchaient malgré leurs efforts, ils embauchaient notre voisine âgée pour s'occuper de moi.

Maintenant que j'étais plus grande et que je n'avais plus besoin de baby-sitter, ça ne les dérangeait pas que leurs horaires de travail se chevauchent. De cette façon, nous avions plus de temps à passer en famille quand ils avaient tous les deux des jours de congé en même temps.

Je sautillai dans le couloir vers la cuisine pour me préparer un goûter quand un bruit fracassant retentit à l'intérieur de l'appartement. Je me figeai.

Y avait-il un intrus ? Je reculai vers la porte d'entrée.

En cas d'urgence, j'avais deux options : soit appeler le 911, soit descendre et chercher le concierge, Monsieur Riley. Selon le type d'urgence, bien sûr, ce qui n'était pas toujours facile à déterminer, comme je l'avais appris.

Mon visage s'échauffa au souvenir embarrassant de ma course dans les escaliers en pyjama le printemps dernier parce que Maman et Papa n'étaient pas à la maison et qu'il y avait eu un bruit étrange venant de la salle de bain. Le bruit, comme il s'était avéré plus tard, était celui d'une abeille coincée dans le rideau de douche, et non pas celui d'un robot effrayant venu de l'espace comme j'en étais convaincue. Papa avait ri aux éclats quand Monsieur Riley lui avait raconté cette histoire. Et Maman m'avait dit qu'il serait bon à l'avenir de réfléchir d'abord à ce que signifiait une urgence.

Parfois, ça ne te ferait pas de mal d'enquêter un peu par toi-même au lieu de paniquer tout de suite, m'avait-elle dit.

Je m'arrêtai, le dos contre la porte d'entrée, sans l'ouvrir et sans l'intention de courir dehors, et je tendis l'oreille pour entendre le bruit à nouveau.

Aucun autre bruit suspect ne se fit entendre. Peut-être que ce n'était pas une urgence, après tout ? Et si quelque chose était simplement tombé de mon bureau, comme un livre ou un jouet ? J'aurais l'air vraiment stupide si je courais voir Monsieur Riley à nouveau.

Maman avait raison, je devais enquêter.

Le bruit semblait venir de ma chambre. C'était la première pièce dans le couloir après la cuisine. Je fis un rapide détour par la cuisine pour attraper un rouleau à pâtisserie au cas où il y aurait vraiment un intrus qui m'attendait dans ma chambre.

Tenant le rouleau devant moi, je me glissai jusqu'à la porte de ma chambre. Pas un son ne provenait de derrière la porte. Je me penchai et y collai mon oreille. Tout semblait silencieux. Peut-être n'y avait-il pas eu du tout de bruit, était-ce seulement mon imagination ?

À moins que l'intrus fût au courant de ma présence dans l'appartement, et qu'il attendait silencieusement.

Je pris quelques inspirations profondes avant de placer ma main sur la poignée de la porte et la tourner. Tenant le rouleau à pâtisserie prêt, j'entrouvris la porte.

Mon lit, avec sa couverture rose et orange, apparut dans mon champ de vision. Maman et moi avions nettoyé ma chambre la veille, donc il n'y avait pas de piles de vêtements ou de jouets sur le sol dans laquelle un intrus pourrait se cacher.

La porte de mon placard était ouverte, comme elle le devait. Je la gardais toujours de la sorte ; il y avait ainsi moins de chances que les monstres de placard me surprennent.

Heureusement, la chambre et le placard semblaient vides et sans aucun monstre. Le seul endroit où l'intrus pouvait se cacher était sous mon lit. Mais Maman rangeait des boîtes avec mes vêtements d'hiver dessous. Donc, l'intrus devrait être vraiment petit et mince pour tenir dans l'espace entre les boîtes.

Serrant le rouleau à pâtisserie des deux mains, j'entrai dans la pièce, en gardant un œil sur le lit. Les morceaux orange vif de ma citrouille sur le sol attirèrent mon attention, et j'oubliai complètement l'intrus.

— Oh non ! m'écriai-je en jetant le rouleau à pâtisserie sur le lit et en m'accroupissant près des morceaux brisés sous la fenêtre.

C'était ma citrouille, celle que j'avais trouvée au marché fermier l'année dernière. Je l'avais gardée sur mon rebord de fenêtre depuis. C'était ma veilleuse préférée. Sa lueur douce et pulsante me faisait me sentir en sécurité la nuit, même quand Maman et Papa n'étaient pas à la maison. Et quand je me sentais triste, j'aimais la câliner. Je ressentais toujours une sensation de douce chaleur intérieure quand je la serrais dans mes bras.

Maintenant, elle était cassée. Trois gros morceaux de la coque orange reposaient sur la moquette. L'extérieur était lisse et brillant. L'intérieur, la partie que je n'avais jamais vue auparavant, s'avérait être blanc et doux, comme une guimauve moelleuse.

Je ramassai deux des morceaux et essayai de les assembler.

— Peut-être que Papa peut la recoller ? marmonnai-je.

Quelque chose gratta sous le lit. Le bruit me fit bondir sur mes pieds. Saisissant le rouleau à pâtisserie, je sautai sur le lit.

— Qui est là ? dis-je en essayant de rendre ma voix profonde et effrayante. Sors de là !

Il n'y avait vraiment pas beaucoup d'espace sous mon lit. La dernière fois que j'avais rampé là-dessous, c'était pour récupérer une balle de baseball qui avait roulé là-bas par accident. C'était arrivé il y a des mois, et j'avais trouvé l'espace bien trop serré entre les boîtes, même pour moi.

J'ajustai mes mains sur le rouleau à pâtisserie. Le fait que l'intrus ne puisse pas être beaucoup plus grand que moi était encourageant.

Un bruit de tapotement vint de sous le lit. Il se déplaça d'un bout à l'autre et ressemblait beaucoup à de minuscules pas. Si c'était un intrus, il serait de la taille d'un… nain de jardin ? Personne de plus grand ne pourrait réellement marcher sous mon lit. Je me penchai au bord, plus confuse qu'effrayée maintenant.

Quelque chose d'orange rampa de sous le lit. Ça semblait rond. Sa couleur était du même orange vif que ma citrouille. Seulement, au lieu d'être brillante et lisse, la chose était… duveteuse.

— Hé, appelai-je depuis le lit.

La chose se retourna et cligna ses longs cils brun chocolat vers moi. Elle avait deux yeux, un bleu, un vert, avec des points plus clairs pulsant à l'intérieur. Deux oreilles pointues et poilues se dressaient. Elle avait aussi un nez noir comme un bouton, quatre courtes pattes, et deux, oui deux queues qui étaient si duveteuses qu'elles ressemblaient à deux pompons tout doux attachés à son derrière dodu.

La créature ressemblait à un jouet. Mais elle était visiblement bien vivante.

— Tu es tellement mignon ! m'écriai-je, en jetant le rouleau à pâtisserie.

La créature était clairement sortie de ma citrouille. Mais je ne savais pas comment cela avait pu se produire. Je ne m'en souciais pas vraiment non plus. La chose était si duveteuse, je voulais juste l'attraper, la caresser et la serrer dans mes bras.

— Viens ici, toi… Peu importe ce que tu es.

Je l'attrapai.

Elle renifla, mais ne protesta pas beaucoup. Sa fourrure orange comprenait du blanc, découvris-je, après une inspection plus minutieuse. Elle était plus épaisse autour de son cou, comme un large col de fourrure. Ses pieds étaient noirs, comme si elle portait des chaussettes. Et elle avait le ventre blanc le plus doux que je n'avais jamais vu.

Je la grattai derrière les oreilles, et l'animal se blottit dans mon coude.

— Tu ressembles à un chiot, dis-je avec incertitude. Je n'ai jamais eu de chiot avant. J'espère que Maman me laissera te garder.

Parce que je voulais vraiment, vraiment le garder. Ou la garder. Ou le garder… Peu importe ce que c'était.

Tenant mon nouveau chiot dans un bras, je saisis ma tablette et tapai dans la barre de recherche « types de chiens ». Je devais découvrir quelle race j'avais là. Ce n'était pas toujours facile à dire avec les chiots, avais-je entendu dire.

— Je pense que tu pourrais être un corgi, déterminai-je après quelques recherches. Les couleurs orange et blanc de mon nouveau chien correspondaient à cette race. Tout comme son adorable petit visage. Tu es un peu plus duveteux qu'eux. Et plus court. Et tu as deux queues. Et des pattes noires… Eh bien, peut-être que tu n'es pas un corgi pure race. Peut-être que tu es un mélange avec autre chose.

Cela importait peu, de toute façon. C'était le chiot le plus mignon que je n'avais jamais vu, et je l'aimais déjà.

Ensuite, je fis des recherches sur ce que je pourrais donner à manger au chiot dans notre cuisine puisque nous n'avions pas de nourriture pour chien à la maison. Le chiot refusa de manger un œuf cru, mais sembla heureux du sandwich au jambon et au fromage que je préparai pour moi et que je partageai avec lui.

— Je n'ai jamais eu d'animal de compagnie, lui dis-je. Mais j'en ai toujours voulu un.

Le soir, je fis un lit pour le chiot dans l'un des tiroirs de la commode de ma chambre. Puis je me brossai les dents et éteignis les lumières pour aller me coucher.

Ma chambre semblait différente sans la douce lueur chaude de la citrouille à laquelle je m'étais habituée depuis l'année passée. Les réverbères n'avaient pas la même couleur. Leur lumière était bleuâtre et froide, me faisant penser à des fantômes ou à des vaisseaux spatiaux avec des extraterrestres. Mais le bruit de la circulation dans la rue sous ma fenêtre me tenait éveillée. Normalement, j'y étais habituée et le trouvais même apaisant. Mais pas ce soir.

Un petit couinement vint du tiroir de la commode.

— Tu n'arrives pas non plus à dormir ? dis-je en descendant du lit et en prenant le chiot. Eh bien, je suppose que tu peux dormir avec moi ce soir.

Je me glissai sous les couvertures. Le chiot était chaud et duveteux. Son petit cœur battait doucement contre ma poitrine quand je pressai son petit corps rond contre moi.

— Juste pour ce soir, d'accord ? Maman ne va pas aimer si elle te voit dans mon lit… Je pense que je vais t'appeler Potiron, marmonnai-je, en glissant dans le sommeil.

— Cassy ? Qu'est-ce que c'est ? demanda Maman qui se tenait dans la cuisine, encore dans sa tenue d'infirmière.

Quand elle rentrait après un long service tardif, elle était souvent trop fatiguée pour se changer. Elle s'écroulait simplement sur le canapé pour quelques heures. Le matin, elle se réveillait pour partager le petit-déjeuner avec moi et prendre une douche. Après mon départ pour l'école, elle allait dans sa chambre pour dormir, souvent jusqu'à mon retour dans l'après-midi.

Ce matin-là, j'avais préparé du bacon et des œufs brouillés pendant qu'elle dormait sur le canapé. C'était son petit-déjeuner préféré. J'espérais que ça la mettrait de bonne humeur avant de voir Potiron. Mais elle avait à peine pris une bouchée que le chiot idiot sortit de ma chambre en se dandinant.

— Je te demande ce que c'est ? insista-t-elle en pointant son doigt vers la chose ronde et duveteuse.

Je soufflai, en baissant la tête.

— Un chiot. Je crois.

À bien y réfléchir, la créature ne ressemblait pas vraiment à un chien, plutôt à une peluche, ou à un personnage de dessin animé ou à quelque chose comme ça.

— Un chiot ? répéta Maman en le regardant fixement. Cassidy, où as-tu trouvé un chien ?

Elle utilisait encore mon prénom complet. Ce n'était pas bon signe.

Je tirai nerveusement sur l'une de mes nombreuses tresses.

— Eh bien, c'est drôle… mais je pense qu'il est sorti de ma citrouille. Celle que j'avais sur ma fenêtre, tu te souviens ? Je suis rentrée de l'école hier, la citrouille était cassée, et…

Elle arrêta mon bavardage en levant une main, puis se dirigea vers la cafetière.

— Je te jure, Maman, poursuivis-je. La citrouille a dû éclore, ou un truc du genre…

— Bien sûr. Et ma tête aussi va se fendre en deux, répondit-elle, en se frottant le front avant de mettre en marche la cafetière et fixer du regard Potiron, les mains sur les hanches. Il ne peut pas rester.

Le chiot leva les yeux vers elle, les cligna innocemment, puis se laissa tomber, en s'asseyant avec son derrière sur mon pied.

— Mais où pourrait-il aller ? demandai-je.

D'une manière ou d'une autre, Potiron était maintenant défini par le pronom « il ».

Maman souffla sur une mèche de ses cheveux châtains pour l'éloigner de son visage. Ses cheveux étaient ondulés, pas aussi bouclés que les miens. J'avais hérité des cheveux et de la couleur de peau de Papa. Mais j'avais les yeux marrons de Maman. Ceux de Papa étaient beaucoup plus foncés que les siens ou les miens, presque noirs.

— Le chiot doit retourner d'où il vient, Cassy, dit-elle fermement. Il appartient sûrement à quelqu'un dans l'immeuble. Il s'est probablement égaré dans le couloir et a réussi à entrer dans notre appartement quand tu as ouvert la porte. C'est sûrement lui qui a fait tomber ta citrouille de la fenêtre et l'a cassée. Il est source de problèmes. Nous devons le rendre dès que possible.

— Mais où ? protestai-je. Il n'y a aucune affiche de chien perdu dans l'immeuble. Personne ne le cherche. Il n'a pas où aller.

Maman s'appuya avec sa hanche contre le comptoir pendant que la cafetière crachotait et brassait le liquide.

— Nous en parlerons avec Monsieur Riley pour voir si quelqu'un a perdu un chiot.

— Mais si personne ne le cherche, on peut le garder ? ajoutai-je en ne voulant pas abandonner tout espoir.

Elle serra les lèvres dans cette expression peu impressionnée habituelle. Sauf qu'elle avait aussi l'air fatiguée. Très fatiguée. Les longues heures à l'hôpital étaient difficiles.

— Cassy, nous ne pouvons pas nous en occuper, dit-elle d'une voix beaucoup plus douce.

L'espoir grandit en moi.

— Mais je peux ! Je le promènerai tôt le matin, avant l'école. Puis, je le ferai à nouveau après l'école. Et tu sais quoi ? Potiron sait utiliser les toilettes, de toute façon.

— De quoi parles-tu ?

Elle prit une tasse dans l'armoire et la remplit de café. Elle le buvait toujours noir, sans crème ni sucre.

— Il a fait pipi sur le sol de la salle de bain ce matin. J'ai nettoyé avec du papier toilette et j'ai rincé. Puis il a grimpé sur le siège et a fait sa grosse commission dans les toilettes, bavardai-je, en remplissant une assiette avec du bacon et des œufs pour elle. Elle avait besoin de manger. Elle semblait toujours être de meilleure humeur quand elle était rassasiée.

— Merci, mon bébé, accepta Maman en prenant la fourchette que je lui tendis et piqua une tranche de concombre dans la salade que j'avais préparée. Il a fait ses besoins dans les toilettes ? Tu es sûre ? Les chiens ne savent pas utiliser des toilettes.

— Oh, que si. Les plus intelligents le font. Je l'ai vu dans des vidéos. Je t'en montrerai. Il y en a une où un chien tire même la chasse derrière lui. Je suis sûre que Potiron peut apprendre à le faire aussi. Il est intelligent. Il a juste besoin de grandir un peu. Pour l'instant, il est trop petit pour atteindre la chasse d'eau.

Maman mangea en silence pendant un moment, et je la laissai faire, craignant que mon bavardage ne l'énerve. Elle était moins susceptible d'accepter quoi que ce soit si elle était irritée.

— Que va dire ton père ? soupira-t-elle.

J'essayai de cacher un sourire alors qu'un énorme soulagement m'envahissait. Papa était le cadet de mes soucis. Si Maman disait oui, il ne dirait jamais non.

— J'ai besoin de compagnie, Maman, plaidai-je. Ce sera bien d'avoir Potiron avec nous. Toi et Papa n'êtes jamais à la maison.

Maman grimaça comme si je l'avais giflée.

— Je ne me plains pas, ajoutai-je rapidement.

Je savais qu'elle aurait aimé pouvoir passer plus de temps avec moi. Elle travaillait si dur. Et quand elle rentrait, elle était souvent trop fatiguée et dormait beaucoup. Pareil pour Papa. Nous nous amusions beaucoup quand nous partions en vacances en famille tous les trois. Mais j'étais seule la plupart de l'année.

— Je n'ai pas le droit d'inviter des amis quand je suis seule à la maison, dis-je. Je ne peux même pas ouvrir la porte à qui que ce soit. Mais maintenant, je ne serai plus seule. J'aurai Potiron.

Avec un autre profond soupir, elle regarda à nouveau le chiot. Il reniflait le sol autour d'un des pieds de la table de cuisine.

— Eh bien, l'association des propriétaires nous autorise à avoir un animal. Et il semble calme. Il n'a pas encore aboyé.

— Il n'aboie pas, me précipitai-je pour la rassurer. Il renifle seulement et pète… un peu.

Elle prit une gorgée de son café, puis se frotta le menton, pensive.

— Nous aurons besoin de le faire examiner par un vétérinaire. Il pourrait avoir des puces ou des vers. Et pourquoi diable a-t-il deux queues ?

Je rayonnai. Mon petit Potiron allait rester ici.

CHAPITRE 2

— Oh, qui est un bon garçon ? Qui est un bon garçon ? roucoulait Cassy.

Ce n'était pas un garçon, pas un garçon humain, en tout cas. Bien que le vétérinaire l'eût confirmé comme probablement mâle. Cassy lui grattait le ventre, et il ne protestait jamais contre un signe d'affection. En se retournant sur le dos, il lui offrit plus de surface à caresser.

— Tu es si mignon. Regarde-moi cette fourrure toute duveteuse. Regarde-moi ce petit chiot gâté. Elle attrapa son museau et l'embrassa sur le front.

Ce n'était pas un chiot non plus. Et il n'était certainement pas petit. Au cours des dix dernières années, il avait beaucoup grandi, atteignant maintenant un peu plus que la taille de Cassy quand il se tenait à quatre pattes. S'il posait ses pattes avant sur ses épaules, il la dépassait largement.

En somme, il savait ce qu'il n'était pas. Restait à savoir ce qu'il était réellement ?

Il avait découvert très tôt qu'il pouvait accéder à Internet à distance, sans avoir besoin d'un appareil. Cela mettait le vaste savoir de l'humanité à portée de ses doigts, façon de parler bien sûr, puisqu'il n'avait pas de doigts, juste des pattes.

Après des années à fouiller le web, il avait conclu qu'il n'était même pas un chien. Ce qu'il était, cependant, il n'avait pas réussi à l'identifier. Certaines parties de son corps pouvaient ressembler à celles d'un chien, d'un renard ou même d'un loup, mais aucune espèce ne lui correspondait parfaitement.

Le vétérinaire avait semblé aussi confus que tout le monde quand Cassy et sa mère l'avaient amené à la clinique dix ans auparavant. À la fin, elle avait simplement dit à Cassy et à sa mère que Potiron devait avoir quelques anomalies et malformations congénitales. Elle leur avait conseillé de « profiter de lui tant qu'il était là ». Elle avait également déconseillé à la mère de Cassy de faire des radiographies ou des examens puisque… eh bien, il n'était pas censé durer de toute façon, alors il était inutile de gaspiller de l'argent.

Mais il était toujours là, une décennie plus tard, se sentant plus fort que jamais et au top de sa forme. Peut-être qu'un vétérinaire n'était pas le bon médecin pour lui après tout ?

— Oh, devine quoi ? lança Cassy en écarquillant ses yeux marrons, l'air excité, comme si elle était sur le point de lui confier un secret. Devine ce qu'on va faire aujourd'hui, Potiron ?

Elle fit une pause, comme pour l'inviter à deviner.

Il ne pouvait pas répondre, bien sûr, pas avec des mots. Alors, il souleva ses trois longues queues, la troisième avait poussé il y a quelques années, et les agita en l'air, comme le font les chiens.

Cela la fit glousser. Elle avait toujours l'air si heureuse quand il faisait « des trucs normaux de chien ». C'était la principale raison pour laquelle il les faisait. Il se sentait toujours ridicule lorsqu'il remuait ses queues, mais il était récompensé par le son de ses gloussements, qui le faisaient frissonner de plaisir sous sa fourrure.

— Oh, tu le sais, n'est-ce pas ? Avec ton intelligence de chiot ? Bien sûr que tu le sais. Tu sais où on va. Elle passa ses doigts dans la douce fourrure blanche de son ventre. Le plaisir passa à la vitesse supérieure. C'était si intense que ses pattes arrière tressaillirent involontairement.

— Qui aime les gratouilles sur le ventre ? Ce grand garçon aime les gratouilles sur le ventre, hein, continua-t-elle à murmurer, absurdités qu'il ne trouvait pas du tout désagréables tant qu'elle continuait à lui gratter le ventre.

Il avait toujours aimé ses caresses et ses câlins. Jouer à la lutte avec elle était amusant aussi. Cependant, dernièrement, sa réaction à son toucher s'était transformée en quelque chose d'autre. Cela lui donnait envie de plus. De quelque chose… quelque chose qu'il ne pouvait pas vraiment nommer.

Malgré ses avertissements la nuit où il était sorti de son œuf, elle l'avait laissé dormir dans son lit à nouveau la nuit suivante, et celle d'après… Ils avaient dormi ensemble chaque nuit depuis. Son lit était devenu le sien, et personne n'avait plus remis en question son droit d'y être avec elle.

Cassy s'endormait les bras enroulés autour de lui. Quand elle s'allongeait à côté de lui, il produisait un bruit rythmique dans sa poitrine et augmentait légèrement sa température corporelle ; deux choses qui semblaient la réconforter.

Si elle se réveillait la nuit après avoir fait un cauchemar, elle enfouissait son visage dans la fourrure de son cou et étalait sa main sur sa poitrine, juste au-dessus de l'endroit où il faisait battre son cœur pour elle. Puis, elle se rendormait, en respirant régulièrement.

Il y a quelques nuits cependant, quelque chose d'autre s'était produit. Cassy s'était réveillée avec un gémissement, pas un petit cri. Ce son semblait l'atteindre jusqu'au fond de ses entrailles. Une chose sur laquelle il n'avait aucun contrôle pulsait encore dans son bas-ventre quand il se rappelait ce gémissement. Elle avait fixé ses yeux pendant un long moment, puis... elle l'avait mis dehors, hors de son lit et hors de sa chambre.

Cela lui avait fait mal. La sensation désagréable de ce rejet inexpliqué lui écorchait encore la poitrine. Heureusement, elle l'avait laissé revenir dans son lit la nuit suivante, et les choses semblaient être redevenues normales.

— C'est ça ! s'exclama Cassy avec enthousiasme. On va au parc !

Elle bondit, agitant ses bras en l'air avec un ravissement exagéré face à son idée. Il remua ses queues plus fort pour égaler son enthousiasme. Elle adorait clairement aller à ce parc, et il ne voyait absolument pas d'inconvénient à l'accompagner. En ce qui le concernait, peu importait où elle l'emmenait tant qu'elle restait avec lui.

Depuis que Cassy avait commencé l'université il y a quelques années, elle avait encore moins de temps à passer avec lui. Elle voulait devenir infirmière, comme sa mère. Il admirait sa concentration et sa détermination dans ce domaine et était fier d'elle. Mais, il était également reconnaissant qu'elle n'ait pas déménagé de chez ses parents, comme le faisaient beaucoup d'étudiants, et ne l'avait pas abandonné. C'était l'avantage de vivre dans une grande ville, Cassy n'avait pas besoin de partir pour aller à l'université. Son campus n'était qu'à un court trajet en bus.

— D'accord, lança-t-elle en lui donnant une tape sur le flanc. Je vais vite me changer, puis on y va. D'accord ?

Elle sauta du canapé du salon et se précipita dans sa chambre pour se changer et enlever son pyjama.

Il descendit du canapé aussi et s'étira le dos. Aller au parc lui permettait de courir, ce qu'il attendait avec impatience. Le besoin de bouger devenait pressant s'il restait enfermé dans l'appartement toute une journée.

Le téléphone de Cassy sonna dans sa chambre.

— Salut, Kat, dit-elle en décrochant.

Il tourna ses oreilles pour capter davantage de leur conversation. Kat était l'amie de Cassy à l'université. Grâce à leurs appels téléphoniques et leurs textos, il avait tout appris sur la vie de Cassy en dehors de l'appartement. Il s'inquiétait de la voir passer autant de temps là-bas, seule et hors de sa vue. Écouter ses conversations téléphoniques était l'une de ses façons de veiller sur elle et d'assurer sa sécurité du mieux qu'il le pouvait.

En utilisant uniquement son cerveau, il se connecta à distance au téléphone de Cassy pour entendre aussi les propos de Kat.

— Alors, bavarda Kat. J'ai croisé Sasha à la salle de sport ce matin. Apparemment, sa colocataire Donna est sortie avec ce gars, avec qui tu as flirté hier soir. Comment s'appelle-t-il déjà ? RJ ?

Un grognement sourd vibra dans sa poitrine.

Cassy avait laissé un homme la toucher. Encore ? Ses poils se hérissèrent. L'idée des mains d'un homme sur le corps de Cassy le rendait inexplicablement malade. Les croquettes qu'il avait mangées au petit-déjeuner menaçaient de remonter.

Il chercha le contact nommé « RJ » dans son téléphone, le trouva et redirigea tous les appels et messages de ce numéro directement vers son propre système.

— Oh… Elle a fait ça ? répondit Cassy d'une voix un peu hésitante. Mais ils ne sont plus ensemble, non ?

— Non. Elle a rompu avec lui parce qu'elle l'a surpris avec Danielle.

— Elle l'a surpris à faire quoi exactement ?

— Rien de sûr. Mais visiblement, c'était assez grave pour qu'elle rompe avec lui.

Une notification de message entrant résonna dans la tête de Potiron. C'était un SMS pour Cassy de la part du fameux RJ.

« Salut, ma belle. Bien dormi ? »

On dirait un minable, décida Potiron, en supprimant promptement le message. Cassy n'avait pas besoin de le lire. En fait, elle n'avait rien à faire avec ce RJ.

— C'est dommage, soupira-t-elle. Il embrasse si bien.

Ce minable l'avait embrassée !

L'estomac de Potiron se retourna et quelque chose de désagréable brûla dans sa poitrine. Avait-il une indigestion ? Peut-être était-il temps pour Cassy de lui changer ses croquettes. Il se promit de faire des recherches sur la nourriture pour chien en ligne. Peut-être que quelque chose de bio lui conviendrait mieux ?

Mais sa nourriture préférée était ce que Cassy partageait avec lui après ses cours. Ils se blottissaient souvent sur le canapé et regardaient la télé ensemble l'après-midi. Elle lui donnait la moitié de son sandwich, ou des bords de pizza, ou d'autres choses tout aussi délicieuses. C'était son moment préféré de la journée et son menu préféré.

Il y avait aussi pas mal de recettes en ligne qu'il aurait aimé essayer. Mais leur préparation demandait d'avoir des mains. Or, on ne pouvait pas faire grand-chose avec des pattes.

— Eh bien, si RJ appelle, je lui parlerai, poursuivit Cassy à l'attention de Kat.

— Tu ferais ça ? Tu es sûre ? s'inquiéta Kat qui était une bonne amie, toujours attentive à Cassy.

— Merci pour l'info. Mais j'aimerais apprendre à connaître RJ un peu mieux par moi-même, au lieu de le juger sur la base de racontars.

— C'est vrai. Fais juste attention, d'accord ?

Cassy poussa un soupir.

— Avec ma chance, il ne me rappellera sûrement pas, de toute façon. Personne ne le fait jamais. Je rencontre quelqu'un, on passe un bon moment ensemble, et puis… rien. Pas un appel ni un texto. Jamais. Et quand j'essaie de les contacter moi-même, soit ils ne répondent pas, soit leur numéro de téléphone n'est soudain plus en service. Qui y a-t-il de si horrible chez moi pour que personne ne veuille me donner un deuxième rendez-vous ?

Potiron posa sa tête sur ses pattes avant. Il détestait voir Cassy malheureuse. Mais pourquoi la laisserait-il perdre son temps avec un type, qui n'était pas bon pour elle ? Et aucun d'entre eux n'était assez bien pour sa Cassy.

Depuis le tout premier, le garçon avec qui elle était sortie au lycée… Potiron avait supprimé son nom de sa mémoire il y a longtemps et n'avait aucun désir de le retrouver. Ce petit con avait fait pleurer Cassy.

Il n'oublierait jamais Cassy rentrant en courant dans l'appartement un soir, les yeux rouges et gonflés, des sanglots déchirant sa poitrine. Elle avait passé toute la nuit à pleurer dans la fourrure de son cou. Il frissonnait encore en se rappelant son corps secoué de sanglots alors qu'elle s'accrochait à lui.

Depuis lors, Potiron avait juré qu'il ne laisserait plus jamais un homme lui faire ça. Et ça avait marché. Cassy pouvait être triste maintenant, mais elle ne pleurait pas et n'avait pas le cœur brisé à cause d'un autre abruti, n'est-ce pas ? Et Potiron était déterminé à ce que les choses restent ainsi.

— Je dois être la dernière vierge de l'université, se plaignit-elle à Kat. C'est embarrassant. J'ai vingt et un ans, bon sang.

— Eh bien, c'est inhabituel, reconnut Kat. Mais beaucoup de mecs sont attirés par ce truc de la première fois. Ne t'inquiète pas, Cass, tu en trouveras bien un pour cueillir ta fleur assez tôt.

« Pas tant que je veille », ricana intérieurement Potiron en déplaçant le numéro de RJ dans le dossier des Contacts bloqués, où il resterait désormais enterré.

Cassy était belle, intelligente et gentille. Son sourire le réchauffait et le faisait frissonner de partout. Et elle avait le plus beau rire au monde. Il se fichait de qui était ce RJ ; RJ ne la méritait pas. Aucun ne la méritait.

— Bon, j'étais sur le point d'aller courir avec Potiron quand tu as appelé, Kat. Je ferais mieux d'y aller si je veux avoir assez de temps pour faire le tour complet du parc.

Cassy raccrocha. Quelques minutes plus tard, elle sortit de sa chambre. Ses boucles serrées étaient remontées en une queue de cheval haute et ronde qui ressemblait à un chignon sur le sommet de sa tête. Vêtue d'un legging moulant et d'une brassière de sport jaune vif, elle était à couper le souffle.

Au fil des ans, Cassy était passée d'une petite fille maigre aux genoux et coudes noueux à cette magnifique jeune femme. La protéger de tous les dangers possibles, y compris de l'attention de tous ces hommes odieux, devenait de plus en plus difficile. C'était un travail à plein temps maintenant, mais il fallait bien que quelqu'un le fasse. Et Potiron le considérait comme la mission personnelle de sa vie.

Alors qu'elle prenait son sweat à capuche dans le placard, il alla chercher la laisse accrochée dans le couloir et la lui apporta.

— Oh, n'es-tu pas adorable ? dit-elle en le grattant derrière les oreilles et il ferma les yeux de plaisir. Bon garçon. Tu mérites une friandise.

Elle lui mit un horrible biscuit en forme d'os dans la gueule. Il le prit délicatement entre ses dents, essayant de ne pas le casser et en gardant sa langue loin de lui pour ne pas le toucher.

Après avoir quitté l'appartement, Cassy s'arrêta dans le hall pour saluer un voisin et Potiron profita de ce moment pour recracher le biscuit, le laissant tomber dans le pot avec un palmier. Les friandises pour chien sentaient la merde. Mais Cassy avait toujours l'air si heureuse quand elle les lui donnait. Elle en faisait tout un plat à chaque fois, et il n'avait pas le cœur de les recracher devant elle, il essayait alors de le faire discrètement.

— Tu vas au parc, Cass ? demanda Monsieur Riley en leur

faisant un signe derrière le comptoir d'accueil. Amuse-toi bien, Potiron.

Potiron agita une de ses queues en direction de l'homme. Il appréciait bien Monsieur Riley, qui avait toujours été gentil avec Cassy. Monsieur Riley était le seul homme de l'Univers, à part le père de Cassy, à qui Potiron faisait confiance pour figurer dans les contacts téléphoniques de Cassy.

CHAPITRE 3

CASSY

— Vas-y, mon petit Potiron ! Attrape le bâton ! dis-je en regardant le bâton lancé qui était à quelques pas seulement, mais mon chien n'avait pas fait le moindre geste pour le récupérer. Allez, mon toutou, l'encourageai-je en sautillant comme une vraie pom-pom girl et en agitant mes bras en l'air. Vas-y, attrape-le !

Il affichait cette expression ennuyée, qu'il avait souvent quand j'essayais de faire les trucs que les autres chiens *adoraient*. Levant sa patte arrière, il se gratta derrière l'oreille, démontrant ainsi, clairement, que l'acte de rapporter des bâtons était bien en dessous de sa dignité.

Je poussai un soupir exaspéré. Il me lança un regard interrogateur, et je m'attendais presque à ce qu'il dise quelque chose. Bien sûr, Potiron ne parlait jamais. Il émettait rarement le moindre son. Mais sa façon de me regarder parfois me donnait l'impression qu'il comprenait beaucoup plus qu'il ne le laissait paraître.

Avec un grand bâillement, il s'étira. Ses trois queues, longues et touffues comme des boas en plumes, ondulaient dans l'air comme l'éventail de plumes d'autruche d'une danseuse burlesque.

J'attachai mon sweat à capuche autour de ma taille. Bien qu'on fût en octobre, le temps était doux aujourd'hui. Courir m'avait aussi réchauffée.

Nous venions juste de faire le tour complet du parc en courant ensemble. Potiron était peut-être fatigué. Mais d'après mon expérience, ce chien pouvait courir pendant des heures, avec le même rythme qu'un pick-up sur une route de montagne. Il l'avait déjà fait quand mes parents et moi allions camper. Je savais donc pertinemment que quelques kilomètres de jogging dans le parc ne le tueraient pas.

Il adorait courir. La gueule ouverte, la langue pendante sur le côté, il avait l'air de sourire, courant à perdre haleine. Il jouait aussi à « va chercher » de temps en temps. Surtout quand nous n'avions pas le temps ou l'espace pour courir. Mais visiblement, il n'était pas d'humeur à jouer aujourd'hui.

— Tu vas chercher ce bâton ou pas ? demandai-je en posant mes mains sur les hanches.

Il leva les yeux au ciel. Je jure qu'il l'avait fait. Je savais que les chiens n'étaient pas censés avoir beaucoup d'expressions faciales. Mais ce chien… Je l'adorais, mais il me rendait parfois folle avec son attitude.

Se retournant, il se dirigea nonchalamment vers le bâton, le ramassa et me le rapporta, comme s'il me faisait une énorme faveur.

— Tu vois ? Tu peux le faire ! m'exclamai-je en applaudissant avant de lui prendre le bâton. Je sais que tu es intelligent.

— Intelligent, mais paresseux, n'est-ce pas ? fit une voix masculine derrière moi.

Je me retournai pour découvrir un homme blond, souriant,

debout sur le chemin. Il portait un polo bleu ciel et un jean. Et son sourire était plutôt mignon.

— De quelle race est ton chien ? demanda-t-il en désignant Potiron d'un mouvement du menton.

— Oh, nous n'avons toujours pas établi ça avec certitude, répondis-je en riant. C'est un mélange de plusieurs races. Un corgi. Un colley ou un berger shetland, peut-être ? Un très grand. Avec quelques anomalies de naissance en prime.

Je me penchai pour caresser la tête de Potiron. Son expression ennuyée avait maintenant disparu. Ses oreilles pointues étaient dressées, comme s'il écoutait chaque mot échangé entre moi et l'étranger. Ses yeux multicolores observaient attentivement le nouveau venu.

— Des anomalies ? interrogea l'homme. Comme les trois queues ?

— Ouais. Le vétérinaire a suggéré qu'on en enlève deux. Chirurgicalement, expliquai-je en grimaçant, l'idée de faire passer Potiron sous le bistouri juste pour le rendre plus « conventionnel » me donnait la nausée. Mais ses queues ne semblaient pas le déranger. Alors, on les a laissées tranquilles.

— Il est vraiment unique en son genre, acquiesça l'homme, puis il me tendit la main. Je m'appelle Mathew, au fait.

— Cass, dis-je en serrant sa main, tout en espérant ne pas trop sentir la sueur après ma course.

Son sourire s'élargit tandis qu'il tenait ma main plus long-temps que nécessaire.

— Enchanté, Cass, répondit-il.

Un homme plus âgé passa à vélo sur le chemin. Posant sa main au bas de mon dos, Mathew m'écarta du chemin du vélo vers l'herbe.

Potiron plaqua ses oreilles contre sa tête. Un grondement profond vibra dans sa gorge. Mathew lui jeta un regard méfiant, et retira brusquement sa main.

— Oh, ne t'inquiète pas. Il n'a jamais fait de mal à une

mouche. Il n'aboie même pas. Jamais, le rassurai-je en ébouriffant la fourrure sur le dessus de la tête de mon chien, qui me lança un regard noir. Tu as un chien ? demandai-je à Mathew.

— Non. Mais ma tante en a un. Le sien est une boule de poils blanche, de la taille d'un écureuil, dit-il, avant de rire.

J'aimais bien le son de son rire, qui me fit sourire également.

— Il aboie sans arrêt, ajouta-t-il.

Potiron semblait se détendre un peu vis-à-vis de Mathew. Ou plutôt, il paraissait distrait par autre chose. Il leva le museau, reniflant l'air. Tournant en cercles, il fixa le ciel.

Mathew remarqua son comportement étrange.

— Qu'est-ce qu'il regarde ?

Il leva la tête. Je regardai aussi. Il n'y avait qu'un ciel clair au-dessus de nous.

— Je ne sais pas, répondis-je. Un oiseau, peut-être ? Ou un écureuil dans cet arbre ?

Potiron n'avait jamais montré beaucoup d'intérêt pour les oiseaux ou les écureuils auparavant. Gardant son museau levé, il s'éloigna de nous en trottant pour contourner quelques arbres. C'était une zone du parc où la laisse n'était pas obligatoire. Néanmoins, je ne voulais pas qu'il s'éloigne trop.

— Je devrais lui remettre la laisse… commençai-je.

— Les mains en l'air ! cria quelqu'un sur le chemin, juste derrière les buissons qui le bordaient.

— Ne bougez pas ! hurla une autre voix. Ou je tire.

Je reculai de la haie.

— Qu'est-ce que…

Un homme avec une veste en cuir usée surgit derrière les buissons. Il trébucha presque sur moi. Je l'évitai en m'écartant, mais il m'attrapa par le cou.

— Éloignez-vous de moi ou je la tue ! cria-t-il à quelqu'un.

Deux policiers sortirent des buissons en courant, avec des pistolets.

— Je la tuerai, j'ai dit !

Une lame froide se pressa contre mon cou et me coupa le souffle.

Ma colonne vertébrale se raidit d'un coup. Mon Dieu... Comment m'étais-je retrouvée dans cette situation ?

Mathew n'était plus visible. Il avait dû s'enfuir. Homme intelligent. J'aurais couru aussi, si j'avais pu.

Que *pouvais-je* faire ?

À travers le brouillard du choc et de la peur, je me souvins du pic d'autodéfense que mon père m'avait donné l'année où j'avais commencé l'université. Il était de la taille d'un stylo, avec une extrémité pointue et des indentations pour une meilleure prise en main. Je l'avais attaché à mon porte-clés, mais je n'avais jamais eu besoin de l'utiliser. Jusqu'à maintenant.

Avec des doigts tremblants, je cherchai mon sac banane, où se trouvaient mon téléphone et mes clés, ainsi que le petit sachet de friandises de Potiron.

— Ne bouge pas, ordonna mon agresseur, qui me tira vers lui, en enfonçant davantage la lame.

Je me figeai, j'avais peur de respirer. À chaque inspiration et déglutition, je sentais plus intensément l'acier froid du couteau contre ma gorge.

— Laissez-la partir, lança un policier.

L'autre dit doucement dans l'appareil de communication noir attaché à son épaule :

— Nous avons une prise d'otage.

« *D'otage.* »

C'était moi. J'étais l'otage. Une terreur glacée me parcourut le dos. Malgré mes efforts pour rester calme, un gémissement m'échappa.

— Lâchez vos putains de flingues, croassa le type à mon oreille. Ou je lui tranche sa putain de gorge !

— Calmez-vous, d'accord ?

Le policier leva les mains en signe d'apaisement.

Est-ce que ça avait vraiment *apaisé* mon agresseur ? Je ne

pouvais pas voir son visage, mais la pression du couteau contre mon cou était toujours aussi forte. Je devinai que ça ne l'avait pas du tout calmé.

Une série de bruits sourds en crescendo vint de derrière moi. On aurait dit un cheval galopant sur un tapis moelleux. Ou un très grand chien se précipitant à travers la pelouse.

Mon agresseur eut un mouvement brusque. L'air fut expulsé de ses poumons dans un son étranglé. Il laissa tomber le couteau, et je me libérai de son emprise par une rotation.

Ensuite, mon monstrueux chien bondit sur le type.

— Potiron ! criai-je, osant à peine croire que j'étais de nouveau libre.

Mon chien semblait plus grand que jamais. Ses griffes s'étaient allongées. Il les enfonça dans la terre, immobilisant les poignets de l'homme avec ses pattes avant. Ses queues s'enroulèrent autour des jambes du type, le maintenant étalé comme une étoile de mer sur le sol.

L'épaisse fourrure sur l'arrière du cou de Potiron se dressa, comme une crinière de lion. Sa mâchoire grandit et s'élargit, s'ouvrant largement, comme celle d'un boa constricteur. Cela permit à Potiron de faire entrer toute la tête du misérable criminel dans sa gueule. Seuls les cheveux noirs emmêlés de l'homme dépassaient entre les longues dents acérées de mon animal. Les yeux bleu et vert du chien que je connaissais depuis qu'il était un petit chiot étaient soudain d'un rouge vif. Si vif qu'on aurait dit qu'ils luisaient.

— C'est quoi, ce bordel ?

Les deux policiers levèrent leurs armes, les pointant maintenant sur Potiron.

— Non ! S'il vous plaît, ne tirez pas, suppliai-je, et j'agitai les mains, en sautant entre mon chien et leurs armes.

Un policier fronça les sourcils.

— Reculez, madame, avertit-il.

— Laissez-moi… juste récupérer mon chien, implorai-je. Il ne fera de mal à personne.

Le criminel au sol secoua ses jambes. Et si Potiron l'étouffait avec sa gueule ? Si ce voyou avait la moindre égratignure, nous pourrions avoir de gros ennuis. Ils emmèneraient Potiron. Ils pourraient même ordonner qu'on l'endorme définitivement…

Mes mains tremblaient tandis que j'essayais de l'atteindre.

— Potiron, non ! Laisse, criai-je en priant pour qu'il obéisse à un ordre du premier coup, pour une fois. Viens ici, mon garçon !

L'obéissance n'avait jamais été automatique avec mon chien. J'avais beau l'entraîner, il n'en faisait toujours qu'à sa tête.

Mon cœur battait si fort que je le sentais dans ma gorge.

— Allez, Potiron. Viens vers moi, maintenant.

Il roula des épaules. La fourrure sur l'arrière de son cou s'aplatit enfin, et il se coucha.

— C'est un bon chien, le félicitai-je, et je sortis une friandise pour chien de la pochette autour de ma taille. Viens, Potiron. Regarde ce que j'ai pour toi.

Il s'écarta de l'homme, et les policiers intervinrent rapidement. L'un d'eux lui passa les menottes. L'autre lui lut promptement ses droits.

Des curieux s'étaient rassemblés autour de nous, s'approchant maintenant qu'il n'y avait plus de danger immédiat pour personne.

— Ce chien n'est pas normal, dit quelqu'un.

— Il a l'air bizarre, approuva un autre.

Les yeux de Potiron ne brillaient plus en rouge, et sa mâchoire avait repris sa taille et sa forme habituelles. Mais le souvenir de son apparence terrifiante avec la tête de l'homme dans sa gueule resterait à jamais gravé en moi.

Je passai un bras autour de mon chien.

— Il me protégeait, c'est tout.

Les deux policiers remirent le criminel sur pied. Ses cheveux dégoulinaient de bave de chien. Il grimaça, essayant d'essuyer son visage avec son épaule. Heureusement, je ne voyais aucune morsure ni même une égratignure.

— Cet animal est énorme, dit quelqu'un, et il a l'air dangereux.

— Il n'a fait de mal à personne, insistai-je.

Une femme plissa le nez, détaillant Potiron.

— Il a peut-être la rage. Regardez ses dents.

Je saisis la mâchoire de Potiron des deux mains et forçai sa gueule à se fermer.

— Il est en bonne santé et généralement bien élevé. Il est à jour pour tous ses vaccins, y compris celui contre la rage.

— Ah ouais ? On aurait dit qu'il allait arracher la tête de ce type.

— Il n'a *mordu* personne, répondis-je d'une voix qui sonnait aiguë, paniquée.

Les policiers étaient trop occupés avec leur criminel fraîchement arrêté pour nous prêter attention. Je me demandai s'ils voudraient que je fasse une déposition. D'un autre côté, ils avaient tout vu de leurs propres yeux. Je n'avais rien à ajouter à leur dossier. Ils connaissaient manifestement ce type mieux que moi.

— Viens, Potiron.

J'attachai la laisse à son collier, impatiente de l'éloigner des harceleurs.

Son corps vibrait sous mes mains. Il semblait survolté, contenant à peine son agressivité. Pour la première fois, j'eus peur de ne pas pouvoir le contrôler s'il devenait violent à nouveau. Je ne l'avais jamais vu comme ça auparavant. Ce qu'il venait de faire avec sa mâchoire et ses yeux… C'était quoi, ce délire ?

Peut-être que ces gens avaient raison ? Était-il dangereux ?

Mais je connaissais mon chien depuis plus d'une décennie. Il était peut-être grand, mais inoffensif. Il n'avait jamais fait de mal à personne. Même maintenant, il avait juste renversé le voyou par terre, et lui avait seulement bavé dessus.

Je passai mes doigts à travers l'épaisse fourrure autour du cou de Potiron.

— Tout va bien, mon pote. Allons chercher une glace. D'accord ? On l'a bien méritée aujourd'hui.

Je le guidai doucement hors du chemin et sur l'herbe derrière quelques arbres, loin de la foule soupçonneuse. Heureusement, il suivit sans même tirer sur la laisse. Une fois hors de vue, je me glissai derrière le tronc d'un arbre et m'affalai sur le sol.

— J'ai juste besoin d'un moment.

Je devais reprendre mon souffle, faire disparaître la sensation fantôme de la lame froide pressée contre mon cou. Rassembler mes pensées.

Potiron semblait aussi avoir besoin d'une minute. Allongé sur le sol, il se rapprocha, puis posa sa tête sur mes genoux.

— Ça va ?

Je caressai sa grosse tête.

Une petite appréhension persistait quelque part au fond de moi. C'était si nouveau de voir Potiron manifester de l'agressivité. Il avait été paresseux, dédaigneux et têtu parfois. Il ignorait les gens et les ordres qu'il n'aimait pas. À quelques occasions, il avait grogné. Mais il n'avait jamais attaqué personne auparavant. Jusqu'à aujourd'hui.

Je baissai la tête pour voir ses yeux. Ils avaient retrouvé leur couleur habituelle ; un bleu, un vert. Je caressai à nouveau sa tête. C'était Potiron. L'animal de compagnie que j'avais depuis dix ans maintenant. Il m'avait vue rire et pleurer. Nous avions regardé la télé ensemble, nous nous étions promenés quotidiennement et nous avions dormi dans le même lit ces dix dernières années.

— Merci de veiller sur moi, dis-je en le serrant dans mes

bras, et je déposai un baiser sur son front poilu. Maintenant, que dirais-tu de cette glace ?

Il secoua ses queues en une tentative de frétillement, puis leva à nouveau le museau.

— Qu'est-ce qu'il y a, mon pote ?

Il bondit sur ses pattes.

— Potiron ?

Je me levai aussi, déconcertée par son comportement inhabituel.

Comme avant, il commença à tourner en cercles comme s'il cherchait l'odeur de quelqu'un. Sauf qu'au lieu de renifler le sol, il gardait le museau en l'air, aspirant l'air par ses narines.

Soudain, il partit en trombe.

— Potiron ! criai-je en sprintant derrière lui. Arrête ! Reviens !

Je me baissai pour attraper la laisse qui traînait derrière lui et la manquai. Il courut plus vite, hors de ma portée. Ce chien pouvait dépasser un camion. Peu de chances que je le rattrape s'il voulait vraiment s'échapper. Mais pourquoi mon chien voulait-il s'enfuir loin de moi ?

— Potiron !

Il s'arrêta brusquement au milieu d'une clairière entre les arbres. Et je vis ce qu'il fixait.

Un disque argenté descendait et planait au-dessus de mon chien. La surface du disque était si brillante qu'elle reflétait le ciel autour, rendant le disque presque invisible dans la lumière scintillante du soleil.

Qu'est-ce que c'était ? Une soucoupe volante ?

Sérieusement ?

Un cône de lumière verte descendit du milieu du disque jusqu'à Potiron. Puis mon chien fut soulevé de l'herbe, en remontant le faisceau lumineux.

Ces fichus extraterrestres enlevaient mon chien !

La panique me poussa à courir encore plus vite.

— Oh non, vous ne ferez pas ça ! m'exclamai-je en me précipitant vers le disque, déterminée à ne pas les laisser s'en tirer comme ça. Potiron !

Il agitait ses pattes à l'intérieur du faisceau lumineux, mais ça ne le menait nulle part. La colonne de lumière continuait à l'aspirer régulièrement vers le haut. Il agita ses pattes plus vite, l'air désespéré, puis tourna la tête vers moi et… aboya. Pour la première fois, j'entendais mon chien aboyer. C'était un son aigu et profond, comme aucun aboiement que j'avais entendu auparavant. Il m'appelait clairement à l'aide.

— J'arrive, mon pote !

Je courus aussi vite que possible, le cœur battant très fort, les jambes brûlantes.

Je sautai dans la lumière et m'agrippai à ses pattes arrière.

— Je te tiens !

Mes pieds quittèrent le sol. Mon sweat à capuche se détacha de ma taille et tomba.

Potiron enroula ses queues autour de mes poignets, s'accrochant fermement, tandis que nous montions tous les deux de plus en plus haut dans le faisceau de lumière extraterrestre.

CHAPITRE 4

CASSY

Il faisait un froid glacial. Je frissonnai et ramenai mes jambes contre ma poitrine. Où était ma couverture ? Et plus important encore, où était Potiron ? Il me réchauffait bien mieux que n'importe quelle couverture.

Je tâtonnai autour de moi à sa recherche. Au lieu de trouver mes draps, ma main toucha du caoutchouc dur et du métal froid.

Où étais-je ? Je me réveillai en sursaut.

C'était un endroit vaste et dépouillé. Sombre. Seule une bande de lumière rougeâtre sous le plafond éclairait la pièce. Les murs et le sol étaient en métal noir aux lignes fluides et aux coins arrondis. Des bandes texturées en caoutchouc couvraient le sol.

Je ne savais pas quel était cet endroit. Je n'y étais jamais venue auparavant. Je n'avais même jamais rien vu de tel dans la vie réelle. Était-ce un rêve ?

— Il y a quelqu'un ? dis-je en me redressant.

Je portais encore mes vêtements de sport, un legging long et une brassière, qui ne me tenaient pas assez chaud, vu la température qui régnait ici. Je me frottai les bras en me serrant contre moi-même.

— Est-ce qu'il y a quelqu'un ? appelai-je à nouveau.

Aucune réponse.

Avec des doigts glacés, je manipulai la fermeture éclair de mon sac banane. Mon téléphone était toujours là, avec mes clés et les quelques friandises pour chien qui restaient. Poussant un soupir de soulagement, je sortis mon téléphone d'un geste brusque.

Mon soulagement fut de courte durée. Le téléphone était mort. Son écran noir et sans vie ne répondait pas à mes pressions frénétiques ni aux boutons.

Eh bien, ça ne m'aidait pas. Je remis l'appareil inutile dans ma banane. Au moins, je semblais indemne. Rien ne me faisait mal quand je me mis debout. Rien n'était cassé.

J'essayai de me concentrer, forçant mes pensées à revenir aux derniers moments dont je me souvenais.

Le parc. La brute en veste de cuir. Sa lame froide pressée contre mon cou…

Je me frottai la gorge. La douleur était toujours là. L'incident dans le parc n'était pas un rêve. Ce qui signifiait que la soucoupe volante devait être réelle, elle aussi.

Des extraterrestres avaient-ils vraiment pris mon chien ? Cette idée était ridiculement folle. Mais quelle autre explication avais-je ?

— Potiron ? Où es-tu, mon garçon ?

Je l'avais attrapé, n'est-ce pas ? J'avais saisi ses pattes. Mais nous avions quand même été séparés. Je semblais être seule ici.

Où se trouvait cet *ici* ?

Où diable étais-je ?

Je tournai lentement sur moi-même, pour examiner les lieux. Du métal sombre et des murs arrondis m'entouraient.

Mais il y avait une ouverture arquée dans le mur du fond. Cela ressemblait à une porte. En me serrant les bras, je titubai dans cette direction.

L'ouverture menait à un long couloir, tout aussi mal éclairé que la grande salle précédente. La bande de lumière rouge au-dessus projetait une lueur écarlate inquiétante sur les murs de métal sombre, faisant ressembler cet espace à quelque chose de tout droit sorti d'un cauchemar.

Peut-être que je dormais vraiment ? Peut-être que je rêvais. Et quand je me réveillerais, Potiron serait là, dans mon lit, sain et sauf.

Si c'était un rêve, je souhaitais en sortir le plus vite possible. Je me pinçai le bras. La sensation était perturbante de réalisme, et le cauchemar continuait.

— Potiron ! appelai-je encore, au cas où.

Et comme avant, je n'obtins aucune réponse.

J'avançai à petits pas le long du couloir. Il y avait d'autres portes arquées de chaque côté le long des murs. Je frappai contre quelques-unes sans obtenir de réponse. Elles semblaient toutes verrouillées. Peu importe la force avec laquelle je tirais ou poussais, elles ne bougeaient pas.

Quel était cet endroit ? Il n'avait aucune odeur. L'air avait cette qualité stérile, traitée. Il était respirable, mais ne sentait rien.

— Hé ! criai-je en frappant du poing contre une autre porte verrouillée. Il y a quelqu'un, ici ?

L'écho de mon poing frappant contre le métal se répercuta à travers les couloirs vides. Vides. J'étais seule ici. Cette conclusion glaçante me fit frissonner.

Après avoir erré dans les couloirs qui semblaient sans fin, je tombai sur une autre entrée arquée dans le mur. Celle-ci était grand ouverte, menant vers une grande pièce ronde.

Le sol circulaire était entouré de rangées de sièges, chaque rangée positionnée plus haut que la précédente, comme dans un théâtre ou un cirque. Cependant, l'aspect minimaliste du métal noir et blanc correspondait mieux à un usage utilitaire plutôt qu'à un divertissement.

Si c'était un théâtre, il ressemblait davantage à un amphithéâtre médical qu'à une salle de spectacle. Je pouvais facilement imaginer une table d'opération placée au milieu, un groupe de scientifiques fous pratiquant une chirurgie d'un autre monde pendant que d'autres observaient.

Ou peut-être que des scientifiques fous présenteraient les résultats de leurs expériences à d'autres génies déjantés qui fabriquaient des monstres effrayants comme Frankenstein, constitués de parties humaines et animales assemblées.

La terreur me glaça. Cette pièce semblait encore plus froide que le reste. Je me frottai le haut des bras, prête à quitter cet endroit, quand une porte à l'extrémité opposée du sol attira mon attention. Autant vérifier si celle-là était également verrouillée avant de partir.

Je traversai le sol, le poing levé, prêt à frapper. Un grognement s'éleva derrière les rangées de sièges des deux côtés.

— Il y a quelqu'un ? demandai-je avec hésitation.

Un énorme chien noir bondit derrière la première rangée de sièges. Les crocs découverts, la salive dégoulinait de ses canines. Il grognait en signe d'avertissement, les oreilles plaquées contre sa tête.

Surprise par le choc et la peur, je reculai en titubant.

Un autre chien surgit de la direction opposée. Celui-ci semblait encore plus féroce que le premier. Ses aboiements résonnaient comme des coups de feu, stridents et assourdissants.

Je me recroquevillai, la peur logée dans ma gorge, rendant ma respiration difficile. La bête claqua ses dents acérées vers moi. Je trébuchai, me déplaçai à quatre pattes, puis bondis sur mes pieds et m'enfuis.

Aveuglée par la terreur, je prêtai peu d'attention à l'endroit où je courais, essayant simplement de m'éloigner des monstres qui me poursuivaient. Leurs aboiements et grognements résonnaient tout près derrière moi. Beaucoup trop près.

La peur m'incitait à continuer, me donnant de la vitesse. Je m'élançai à travers les couloirs. Les murs et les portes se fondaient en un flou indistinct. En tournant à un angle, je frôlai une porte de ma main. Des lumières bleues et vertes s'allumèrent quand mes doigts touchèrent un petit panneau sur le côté.

Je m'arrêtai net.

Les chiens semblaient avoir pris du retard. Je n'entendais plus d'aboiements ni de grognements. Posant les mains sur mes genoux, je haletai, reprenant mon souffle. Les lumières sur le panneau de la porte s'éteignirent. Je le cognai alors de ma main, ce qui les ralluma.

Des formes et des caractères que je n'avais jamais vus auparavant clignotaient en vert et bleu sur l'écran. Je les touchai au hasard. Rien ne se passa. Si c'était une serrure à combinaison, cela pouvait me prendre des siècles pour trouver la bonne séquence. Cela pouvait aussi être programmé pour reconnaître la paume ou l'empreinte digitale de quelqu'un. Dans ce cas, je perdais mon temps à tapoter sans fin sur l'écran clignotant.

Un rugissement assourdissant surgit soudain du fond de l'installation. Il roula à travers les murs et les couloirs comme une vague d'horreur, bien plus profond et plus fort que ceux des chiens auparavant.

Une nouvelle vague de terreur me secoua. Mes genoux faiblirent. J'appuyai mon dos contre la porte, luttant pour rester debout.

Le rugissement se transforma en un hurlement à glacer le sang.

Un frisson me parcourut. Une poussée d'adrénaline m'exhorta à courir de nouveau. Mais jusqu'où pouvais-je courir dans ce labyrinthe de couloirs ? Je n'avais ni mangé ni bu quoi que ce soit depuis mon réveil sur ce sol en caoutchouc. Si je continuais à courir sans but, je m'effondrerais bientôt de soif et d'épuisement.

À la place, je devais trouver un endroit pour me cacher.

J'ouvris la fermeture éclair de ma banane. La seule chose qu'elle contenait à part le téléphone inutile et les friandises pour chien était la clé de ma maison. La clé de notre appartement était petite, mais la pointe d'autodéfense sur le porte-clés pouvait être utile. Je la sortis et enroulai mes doigts autour de sa longueur noueuse. Utilisant toute la force que j'avais, je frappai le panneau éclairé avec l'extrémité pointue. Le verre se fissura, et je tapai plus fort, le brisant davantage.

Après avoir retiré les morceaux de verre brisés du panneau, je sortis un ensemble de pièces plates et transparentes reliées par des filaments blancs, fins comme des cheveux, qui remplissaient la cavité derrière l'écran. Ce devaient être les composants électroniques utilisés pour faire fonctionner l'écran et, espérons-le, la serrure de la porte. Mais je n'avais pas le temps de les examiner en détail.

Un silence de mort planait maintenant dans le couloir, encore plus menaçant que les grognements et hurlements précédents. L'inquiétude me picotait la peau, m'incitant à me dépêcher. Il était impossible de prédire quand le prochain bruit viendrait, d'où il viendrait, ou ce qu'il serait. Un grognement ? Un rugissement ? Ou des dents qui claqueraient juste au-dessus de mon oreille ?

Tremblant de peur, j'enfonçai mes doigts dans la cavité du panneau brisé pour trouver l'extrémité trapue du pêne. Tous ces voyants fantaisistes et ces pièces en plastique étaient là pour déplacer cette seule pièce pour verrouiller ou déverrouiller la porte. Je parvins à saisir la partie courte avec mes ongles et tirai. La barre épaisse et polie glissa, et la porte s'ouvrit.

Une alarme retentit, me faisant sursauter. Le silence fut brisé par son hurlement strident.

Je devais sortir de ce couloir, le plus vite possible. Je jetai un coup d'œil dans la pièce que je venais de forcer. Elle ressemblait à une cabine avec des lits superposés, un évier et ce qui semblait être une petite salle de bain derrière un panneau mural partiellement ouvert. Elle paraissait vide, alors je m'y glissai et refermai la porte derrière moi.

Après avoir remis le pêne en place, l'alarme s'arrêta. Je m'accroupis près du trou laissé dans la porte à la place du panneau.

Une partie de moi espérait entendre les pas de personnes accourant pour enquêter sur ce qui avait déclenché l'alarme. Le vide inquiétant de cet endroit pesait lourdement sur moi. Je souhaitais ardemment voir des gens, même s'ils venaient pour m'arrêter. Mais tout était de nouveau silencieux.

Pourquoi une alarme s'il n'y avait personne pour l'entendre ?

Je m'éloignai de la porte et jetai un coup d'œil autour de ma nouvelle cachette. Ma soif m'amena d'abord à l'évier. Quand j'ouvris le robinet, de l'eau en coula. Elle était claire comme du cristal, me donnant encore plus soif. Je cherchai une tasse ou un mug, mais, si l'un des panneaux muraux autour de l'évier cachait des armoires, je ne trouvai pas comment les ouvrir.

Le seul récipient disponible était un bol vide qui se tenait sous la buse d'un appareil ressemblant vaguement à une machine à glace italienne. Quand je touchai l'appareil, un écran s'alluma. Mais il comportait des signes et des caractères inconnus. Je ne pouvais pas comprendre l'utilité de la machine ni son fonctionnement. À la place, j'utilisai le bol pour y verser un peu d'eau.

Dans la faible lumière rouge de la pièce, j'examinai l'eau. Elle ne sentait absolument rien. J'y trempai un doigt, encore une fois rien d'inhabituel ne se produisit, cela humidifia simplement mon doigt. Je léchai une goutte. Elle n'avait aucun goût chimique ou autre.

J'avais tellement soif que ma langue semblait avoir doublé de volume dans ma bouche. Ma gorge était si sèche que j'avais mal en respirant.

Et puis merde. Si je devais mourir dans cet endroit, je préférais mourir à cause d'une eau empoisonnée, rapidement, espérons-le, plutôt que d'une mort de soif lente et terrible.

Je bus, vidant le bol en quelques grandes gorgées. Puis je posai une main sur mon ventre, dans l'attente d'une réaction inhabituelle. Rien d'extraordinaire ne se produisit. Je ne me sentais simplement plus aussi assoiffée qu'avant.

Complètement épuisée, je grimpai sur la couchette inférieure du lit. Elle était deux fois plus large que celle du haut et avait une couverture pliée dessus. Je m'enveloppai dans la couverture et ramenai mes genoux contre ma poitrine.

Je ne savais toujours pas où j'étais, ni comment j'étais arrivée ici, ni même comment j'avais réussi à m'endormir après tout ce qui m'était arrivé ce jour-là. Mais je dormis.

CHAPITRE 5

CASSY

L'homme me souriait. Il avait le plus incroyable des sourires, avec des fossettes aux deux coins de sa bouche. C'était à la fois adorable et terriblement sexy. Ses yeux multicolores se plissaient aux coins, ce qui lui donnait un air gentil et abordable. C'était sans doute ce qu'on appelait un « sourire désarmant ». Il était impossible de ne pas lui faire confiance ou de ne pas l'aimer.

J'avais déjà vu cet homme. J'avais l'impression de bien le connaître. Mais nous n'avions jamais parlé ensemble.

Il se pencha vers moi, et mon cœur fit un bond. Je savais qu'il voulait m'embrasser. L'excitation courait sur ma peau comme un frisson. Ma respiration s'arrêta. Une vague de chaleur descendit dans mon corps et se concentra dans mon bas ventre.

Ma vision se limita à ce sourire irrésistiblement séduisant. À ces lèvres, que j'avais hâte de sentir sur les miennes...

Le baiser n'arriva jamais.

Je me réveillai en sursaut.

L'homme n'était qu'un rêve. Le même rêve que j'avais déjà

fait quelques jours plus tôt. Comme à présent, il m'avait laissée si excitée que j'avais dû sortir Potiron hors de ma chambre, puis je m'étais caressée jusqu'à jouir violemment sur ma main tandis que l'homme de mon rêve me regardait dans mes pensées.

La pression palpitante entre mes jambes me suppliait de refaire la même chose maintenant. Je glissai ma main sous la couverture. Au lieu de mon short de pyjama, mes doigts touchèrent la ceinture de mon legging de yoga. Je portais encore mes vêtements de sport. Parce que je n'étais jamais rentrée chez moi après ma course dans le parc. Je n'étais pas dans mon lit.

J'avais été enlevée.

Cette réalité glaçante déferla comme une vague d'eau glacée. Complètement réveillée, je me redressai sur la partie inférieure du lit superposé, dans la chambre inconnue de l'établissement inconnu où je semblais être la seule personne.

J'avais faim et froid. Potiron n'était nulle part. Et ce cauchemar ne voulait pas s'arrêter. Enroulant la fine couverture autour de moi, je me laissai retomber sur le matelas en caoutchouc du lit superposé et pleurai.

Impossible de dire combien de temps dura ma crise. Mais après avoir sangloté un moment, l'apitoiement sur moi-même s'atténua. Je pouvais à nouveau réfléchir. J'essuyai mes larmes et sortis du lit.

J'utilisai la minuscule salle de bain de la taille d'une petite cabine de douche. Les trous dans le plafond devaient être l'endroit d'où sortait l'eau. Il y avait un drain carré dans le sol et des toilettes de forme étrange contre le mur. Les déchets disparurent dès que j'eus terminé. Un jet d'eau parfumée, venant d'en dessous, me fit sursauter. Il fut suivi d'un souffle d'air chaud pour sécher mes parties intimes.

Eh bien, je pouvais mourir ici de peur et de faim, mais, au moins, mes fesses seraient étincelantes de propreté et sentiraient les fleurs. Cette pensée me fit sourire. Je secouai la tête en quittant la salle de bain.

Ensuite, je me lavai les mains dans le lavabo, puis bus un peu d'eau pour étancher ma soif et tromper ma faim. Après cela, je fouillai la pièce à la recherche d'un objet à utiliser comme arme. Mon pic d'autodéfense était génial, mais trop court. J'avais besoin de quelque chose de plus long, en cas d'attaque par un ou deux molosses enragés.

Quelqu'un devait nourrir ces chiens, s'en occuper, les dresser pour tenir à distance les intrus comme moi. S'il y avait des personnes dans cet endroit, me dis-je, elles seraient probablement derrière cette porte du « théâtre médical » — celle que les chiens gardaient si férocement.

Le lit du haut avait une barre métallique brillante fixée au bord, pour empêcher de tomber, sans doute. Debout sur le lit du bas, je tentai de dégager la barre. Elle semblait solide. Quand je poussai plus fort, le lit du haut se referma contre le mur. Il était conçu pour être rangé quand on ne l'utilisait pas. La barre de sécurité claqua contre le mur métallique. Pour ranger correctement le lit, la barre de sécurité devait être repliée.

Je rouvris le lit. Sans replier la barre, je refermai à nouveau le lit d'un coup sec. La barre heurta le mur avec un bruit sourd. Je répétai ces étapes, ce qui endommagea le lit superposé en parfait état. Après quelques bruits sourds, la barre trembla. Je l'attrapai, tirant fort contre les charnières. Mettant tout mon poids dessus, je me suspendis à la barre desserrée, et elle se brisa.

Je tombai, roulai hors du lit inférieur, et me cognai la hanche en atterrissant sur le sol. Mais j'avais maintenant une nouvelle arme brillante entre les mains. Elle était assez longue pour être enfoncée dans la gueule d'un molosse infernal avant qu'il ne s'approche trop près pour me mordre.

Armée de la barre, je fis glisser le verrou et poussai la porte. L'alarme retentit à nouveau. Je grimaçai, rentrant la tête dans mes épaules. D'un côté, je venais d'annoncer au monde entier que j'étais réveillée et sortie de ma cachette. De l'autre côté, il ne semblait y avoir personne pour s'en soucier de toute façon.

Je laissai derrière moi la porte ouverte et l'alarme hurlante. Si elle ne s'éteignait pas automatiquement, elle m'aiderait alors à retrouver mon chemin plus tard. Errer dans ces couloirs identiques pouvait être déroutant.

Je tournai à gauche et descendis le couloir. Je ne me souvenais pas exactement où se trouvait le théâtre médical. La veille, j'avais couru aveuglément, paniquée, essayant d'échapper aux chiens féroces. Maintenant, j'avançais en suivant mon instinct et mon sens de l'orientation, quel qu'il fût.

J'eus l'impression de tourner en rond pendant un moment. Certaines sections des couloirs commençaient à me paraître étrangement familières. Mais elles se ressemblaient aussi toutes. Le son de l'alarme semblait tantôt se rapprocher, tantôt s'éloigner. J'essayai de m'en éloigner, prenant virage après virage.

Finalement, je trouvai l'entrée en arc qui menait à l'inquiétante salle ronde. Tenant mon arme devant moi, j'entrai prudemment.

Aucun grognement ne se fit entendre. Gardant un œil sur les sièges à proximité, je m'approchai de la porte à l'opposé du sol rond.

— Il y a quelqu'un ? dis-je en levant le poing, prête à frapper à la porte.

Un sifflement sonore me fit m'arrêter. Je serrai ma barre métallique plus fort. Mais au lieu d'un chien, un serpent se glissa sous la porte. Il grossit juste devant mes yeux. Un capuchon s'ouvrait largement sur sa tête. De longs crocs s'allongèrent, luisants de venin.

La peur étreignit mon cœur de ses doigts glacés. Tenant la barre devant moi, je fis un lent pas en arrière.

Était-ce un cobra ? D'après l'aspect de son capuchon, ça l'était. Mais les cobras pouvaient-ils être aussi gros ? Le corps du serpent était aussi épais que ma taille, et il continuait à grandir.

Comment avait-il pu passer sous la porte ? Il n'y avait pas d'espace entre elle et le sol.

Trébuchant en m'éloignant de lui, je tombai en arrière. Le serpent bondit en avant. Je levai brusquement les mains, pour coincer la barre entre les mâchoires du serpent.

Mais… la barre traversa sa tête. Le serpent fut coupé en deux. Les deux moitiés fusionnèrent rapidement en un gigantesque serpent sifflant à nouveau.

— C'est quoi, ce délire ? m'écriai-je, assise sur le sol.

Le serpent siffla et ondula vers moi à nouveau. Je le taquinai avec ma tige métallique. Elle traversa facilement le corps du serpent qui s'amincit soudain, ondulant comme une nappe de brouillard vert devant moi. L'instant d'après, le serpent avait disparu, dissipé dans les airs.

— C'était quoi, ça ? criai-je en bondissant sur mes pieds, me retrouvant à nouveau complètement seule.

Cela ne me calma pas du tout. Au contraire, la disparition bizarre du serpent-fantôme laissa mes mains moites et bourdonnantes d'inquiétude.

— Qu'est-ce que c'est que cet endroit ? murmurai-je, craignant de faire du bruit dans le silence inquiétant qui régnait à nouveau dans cette étrange pièce faiblement éclairée.

J'avais envie de courir. Mais où ? J'aurais couru plus vite et plus loin que ce qui était humainement possible si seulement cela m'avait mené *quelque part* hors d'ici. Malheureusement, cela m'aurait probablement juste fatiguée et perdue. Inspirant profondément plusieurs fois, je restai dans la salle de théâtre ronde.

Serrant mon « arme », je m'approchai de la porte que le serpent-fantôme avait défendue. Tout ce qui se trouvait derrière devait valoir tous ces efforts. Ce qui signifiait que je devais aller voir, même si d'autres fantômes apparaissaient et menaçaient de sucer mon âme hors de mon corps ou de me faire subir quelque chose d'autre.

Heureusement, aucun spectre n'apparut quand je passai mes doigts sur la porte et trouvai le panneau latéral. Il s'illumina à mon contact. Utilisant la barre, je fracassai le panneau, puis arrachai toutes ses entrailles plastiques transparentes. Trouvant le verrou, je l'accrochai avec mes ongles et tirai.

Les alarmes retentirent, plus fort qu'avant. Je lâchai ma barre et plaquai mes mains sur mes oreilles tandis que la porte s'ouvrait lentement. La pièce à l'intérieur était noir d'encre. Même la lueur rouge ne l'éclairait pas.

Deux points rouges apparurent à l'intérieur dans l'obscurité. S'agissait-il d'une sorte d'éclairage ? Les points disparurent, puis réapparurent, devenant plus grands.

Aucun son n'était audible par-dessus l'alarme assourdissante. Puis un grondement profond roula à travers la pièce. Je ne l'*entendais* pas avec mes oreilles. Je le *sentais*. Le sol vibrait sous mes pieds. L'air se déplaçait. Le grondement résonnait dans ma poitrine, me faisait tousser. Le son se transforma en rugissement, plus fort que l'alarme.

Les deux points se rapprochèrent, se transformant en une paire d'yeux rouges et brillants. Une masse gigantesque bondit vers moi depuis le fond de la pièce.

Je pivotai sur mes talons et courus.

C'était plus grand que n'importe quel animal que je n'avais jamais vu et plus rapide que tout ce qui était de cette taille. Ses pas résonnaient sur les sols métalliques derrière moi, secouant tout autour, tandis que je me précipitais à travers l'arène du théâtre.

J'avais laissé tomber ma barre métallique et j'étais maintenant sans arme. Il n'y avait nulle part où se cacher. Mon seul espoir était d'atteindre la chambre où j'avais passé la nuit et de verrouiller la porte avant que cette chose me rattrape. Ensuite, je ne pourrais que prier pour que le monstre n'ait pas l'intelligence nécessaire pour comprendre comment déverrouiller la porte de ma cachette et qu'il manque de force pour la traverser.

Un autre rugissement secoua les murs autour de moi. Il semblait juste derrière moi. Trop proche pour que je puisse retourner à ma chambre. Pourtant, je poussai mes jambes à courir plus vite.

Une lourde patte s'abattit dans mon dos, m'envoyant virevolter dans le couloir. J'atterris face contre terre, et un poids lourd s'affala sur moi.

Le poids se déplaça et une patte griffue me retourna, comme si j'étais une souris, attrapée par le chat qui voulait jouer. Je levai mes bras pour repousser le monstre. Mes mains s'enfoncèrent dans la fourrure épaisse et longue qui semblait… familière.

Potiron ?

J'ouvris les yeux, regardant droit dans la face de mon chien. Sauf qu'il était deux fois plus grand qu'avant.

Ses yeux brillaient d'un rouge vif. Ses dents étaient aussi longues que mes doigts. Et sa mâchoire était grand ouverte, comme prête à m'avaler toute entière.

— Potiron, suppliai-je d'une voix faible et tremblante. C'est moi, mon vieux. Cass. Tu te souviens ? Est-ce que… Est-ce que tu veux une friandise ?

D'une main tremblante, je tendis la main vers ma banane.

Il fronça les sourcils, puis ferma sa gueule, mais garda les dents découvertes.

— Potiron, l'appelai-je doucement.

Tendant son cou vers moi, il renifla l'air, puis pressa son nez froid et humide contre ma clavicule. La peur relâcha son emprise sur moi, et je pus respirer à nouveau.

— C'est ça. C'est moi, mon garçon. Je t'ai retrouvé finalement, n'est-ce pas ?

Je passai mes doigts dans l'épaisse fourrure blanche de son cou.

Je l'avais retrouvé. Mais que lui était-il arrivé ? Ce n'était plus le Potiron que je connaissais. Il était beaucoup plus grand. Sa tête semblait massive, tout comme sa mâchoire et ses épaules. Les trois queues fouettaient l'air comme des cravaches. Ses griffes perçaient les tapis en caoutchouc du sol, raclaient contre le métal nu en dessous.

C'était un monstre tout droit sorti d'un cauchemar. Il avait la même fourrure que Potiron, mais malheureusement rien d'autre. Il était méconnaissable.

— Pas d'inquiétude, mon vieux, dis-je, car, à ce stade, je continuais à parler surtout pour mon propre bien. Le son de ma voix était la seule chose qui me gardait saine d'esprit. On va trouver comment rentrer à la maison. Ensuite, je t'emmènerai chez la vétérinaire, et elle…

Je n'avais honnêtement aucune idée de ce que la vétérinaire pourrait faire pour lui. Elle semblait déjà assez confuse de l'apparence habituelle de Potiron. Je doutais fortement qu'elle sache quoi faire avec lui maintenant.

Sa mâchoire fit un bruit de cliquetis étrange. Ses os semblèrent glisser dans leur position normale, rendant sa face beaucoup plus reconnaissable maintenant et son corps plus petit. La fourrure se coucha. Il cligna des yeux, ils n'étaient plus rouges. L'un devint bleu, l'autre vert. Je relâchai un long souffle. Il semblait être revenu à la normale.

Je n'avais aucune idée de ce qui venait de se passer, mais je ne pouvais pas m'y attarder. Revoir mon chien sous sa forme normale m'aida à me détendre. Et avec ça, la force sembla revenir dans mes muscles.

— Aide-moi à me relever, Potiron, tu le veux bien ?

J'enroulai mes bras autour de son cou, puis me hissai sur mes pieds.

Cette course effrénée m'avait coûté beaucoup de calories. Je les avais brûlées comme une folle sans rien pour reconstituer mon énergie. Je n'avais pas mangé depuis le petit-déjeuner ce matin-là avant d'aller au parc.

Je traînai les pieds dans le couloir, vers la chambre avec les lits superposés.

— J'ai besoin de m'allonger maintenant. Faire une sieste. Ensuite, je réfléchirai à la façon de nous sortir d'ici. D'accord ?

Mon estomac vide se tortilla de douleur. Peut-être que dormir un peu me permettrait d'oublier la nourriture pendant un moment ? Peut-être que ça me donnerait aussi un peu d'énergie ?

L'alarme du théâtre médical résonnait encore derrière moi. Mais je n'entendais plus celle de ma cabine. Elle avait dû s'éteindre toute seule. Quand j'arrivai finalement à la porte ouverte de ma chambre, tout était silencieux.

— Viens, dis-je en faisant signe à Potiron d'entrer. On va se reposer un peu.

Je lui donnai une friandise. Pendant qu'il la mangeait, je bus longuement de l'eau, puis lui en donnai aussi. Mon estomac gronda. Je me demandai combien de temps il faudrait avant que je décide de partager la dernière friandise pour chien avec Potiron. Peut-être devrais-je le faire tout de suite ? Aucune nourriture n'allait apparaître de sitôt. J'avais tellement faim que manger un biscuit pour chien ne me semblait pas si répugnant maintenant.

— Il fait froid, ajoutai-je, et je grimpai sur le lit sous la couverture. Viens là.

J'ouvris la couverture, permettant à Potiron d'entrer dessous avec moi.

Quand j'enroulai mes bras autour de lui, j'eus presque l'impression d'être à nouveau chez moi. Pressée contre son grand corps poilu, j'arrêtai enfin de trembler. Puis l'écho du cauchemar me fit m'éloigner de lui.

— Potiron ?

Je pris sa tête entre mes mains, l'étudiant attentivement. Chaque trait était familier. J'avais peint et dessiné cette tête pour de nombreux projets scolaires et dans chaque portrait de famille. Il avait paru ennuyé ou effronté, doux ou loufoque, mais cette tête de chien avait fait partie de tous mes heureux souvenirs d'enfance. C'était bien mon petit Potiron.

— Tu sais quoi… Ne te transforme pas en ce monstre aux yeux rouges pendant que je dors, d'accord ? Ne me mord pas accidentellement la tête ou un truc du genre.

Il renifla dédaigneusement, se rapprocha, puis enfouit son nez dans mon cou.

— Juste une petite sieste, d'accord ? dis-je en pressant ma joue contre son front poilu. Ensuite, on trouvera comment sortir d'ici.

CHAPITRE 6

CASSY

Il me sourit, et mon cœur s'envola. Comment le sourire d'un homme pouvait-il me rendre si heureuse ? J'aurais pu le regarder éternellement, lui souriant en retour. Il était comme un rayon de soleil avec ses cheveux roux ébouriffés.

L'adoration brillait dans ses yeux. L'un était d'un bleu glacial, l'autre d'un vert intense. Très inhabituel. Mais j'avais déjà vu cette combinaison auparavant.

Potiron avait des yeux comme ça. Cette comparaison entre l'homme dont le sourire me réchauffait partout et mon chien était perturbante. Cela aurait dû me dégoûter. Cela arriverait probablement plus tard... À mon réveil.

Mais pour l'instant, la familiarité de ces yeux me mettait à l'aise. Cela me faisait me sentir bien auprès de cet homme.

Je tendis la main et touchai ses cheveux. Une mèche épaisse tombait sur son front. C'était doux, comme de la fourrure. Mais son visage était humain, nez droit, mâchoire bien dessinée, pommettes hautes, et des lèvres faites pour embrasser.

Il les lécha, en fixant ma bouche. Son sourire quitta son visage. Ses paupières se baissèrent un peu. Il m'entoura de ses bras, et me rapprocha de lui.

— Embrasse-moi, chuchotai-je, craignant qu'il ne disparaisse à nouveau avant que quelque chose ne se produise. J'aurais pu mourir rien que pour un seul baiser de lui.

Il toucha le bout de mon nez avec le sien. C'était si mignon et joueur que j'en gloussais. Il grogna doucement, prenant enfin ma bouche avec la sienne.

Oh, c'était mieux que n'importe quel baiser que je n'avais jamais eu avec qui que ce soit. Même si, techniquement, ce n'était pas si élaboré.

Au début, il pressa simplement sa bouche contre la mienne. Chaud et tendre, il y avait du réconfort dans ce contact. J'entrouvris mes lèvres, et il fit de même, glissant doucement ses lèvres entre les miennes.

Le baiser était doux, sans précipitation, comme une longue gorgée d'eau fraîche. Et je souhaitais qu'il dure pour toujours.

Il remonta sa main le long de mon dos et sous ma brassière de sport. L'autre voyagea vers le bas, sous la ceinture de mon legging et dans ma culotte. Sa paume chaude et large enveloppa mes fesses.

Je gémis dans sa bouche. Sa cuisse pressait entre mes jambes, et je me frottai contre ses muscles durs. La pression entre mes jambes picotait et s'intensifiait. J'appuyai plus fort, j'en voulais beaucoup plus.

Oh, mon Dieu, c'était si bon.

Il déplaça sa main de mon dos vers l'avant sous ma brassière. Sa main enveloppa mon sein, et je me cambrai sous sa caresse. La chaleur me traversa. Mes tétons durcirent et se mirent à palpiter. Le désir pulsait entre mes jambes.

Il fléchit sa main sur mes fesses, pour me rapprocher. Ma cuisse se retrouva entre ses jambes, où… quelque chose s'agitait. Ça grouillait comme un nid de serpents.

Qu'est-ce que...

Il embrassa mon cou.

— Cassy, gémit-il, semblant ivre, ou délirant, ou les deux.

En pétrissant mon sein, il fit remonter ma brassière. Il pinça mon téton, et mes yeux s'ouvrirent brusquement.

Ce n'était pas un rêve !

Un homme me tenait, avec ses mains dans mon pantalon et... ailleurs. Sa cuisse était coincée entre mes jambes. Mes hanches ondulaient, je me frottais contre lui sans aucune pudeur.

Je le repoussai de mes mains contre son torse.

— Dégage !

Il ne s'y attendait clairement pas. Basculant en arrière, il perdit l'équilibre et roula du lit sur le sol.

— C'est qui, bordel ? criai-je, en cherchant la pointe d'auto-défense dans ma sacoche.

Allongé sur le dos, il s'appuya sur ses coudes et me regarda en clignant des yeux, comme si la réponse à cette question était aussi déroutante pour lui que pour moi.

Son expression se concentra tandis qu'il glissait son regard le long de mon corps. Je la suivis jusqu'à ma brassière. Elle était toujours relevée. Mon sein gauche, celui qu'il avait caressé et pincé, était exposé. Il déglutit, se léchant les lèvres comme s'il salivait à l'idée de lécher et dévorer mon corps.

— Merde ! m'exclamai-je, en remettant ma brassière en place, puis je pointai mon arme vers lui. J'ai demandé qui tu étais ?

Pourquoi est-ce que je continue à rêver de toi ? me traversa l'esprit. Mais je ne posai pas *cette* question à voix haute. Cela aurait trop ressemblé à une confession que je n'étais pas prête à faire.

Je regardai autour de moi, cherchant Potiron. Il n'était pas dans la pièce. La porte semblait verrouillée, mais Potiron avait disparu. Ce type était seul ici avec moi.

— Où est mon chien ? demandai-je. Qu'est-ce que tu lui as fait ?

Il serra les lèvres et s'assit. Pliant un genou, il posa un coude dessus et inclina la tête sur le côté.

— Cassy, je déteste te l'annoncer ainsi… dit-il d'une voix profonde et grondante qui caressa quelque chose au plus profond de moi, faisant se recroqueviller mes orteils. Mais tu n'as jamais vraiment eu de chien.

J'ouvris la bouche, prête à argumenter, et… la refermait. Il y avait toujours, *toujours* eu un doute dans ma tête sur *ce qu*'était réellement Potiron. La confusion n'était pas seulement à propos de la race. J'avais dit aux gens que c'était un chien. Je voulais croire que c'était vrai. Mais si quelqu'un m'avait offert une autre explication à ses humeurs et son attitude quasi humaines, à son intelligence supérieure à la normale, à sa perception aiguë que je lisais souvent dans ses yeux, j'aurais adoré l'entendre.

D'ailleurs, comment cet homme connaissait-il mon nom ?

Je le regardai avec suspicion.

— *Qu'est-ce que* j'avais alors ?

Il écarta les mains. Ses sourcils brun foncé se levèrent.

— Moi, Cassy. Tu m'avais, moi.

Je laissai retomber ma main avec mon arme en pointe sur mes genoux.

— Qu'est-ce que tu es ?

La lumière tamisée de la pièce suffisait pour voir ses cheveux roux ébouriffés ou sa fourrure, exactement comme l'homme de mes rêves. Mais il y avait plus encore.

Ses oreilles étaient pointues, couvertes d'une fourrure rousse veloutée. Elles se dressaient bien droites. Il ne portait aucun vêtement. Ses bras, ses jambes et ses épaules étaient nus, mais une épaisse fourrure blanche entourait son cou comme le col d'un manteau luxueux. Elle s'étendait sur sa poitrine, entre les carrés durs de ses abdominaux, puis s'effilait en une fine traînée sous sa taille. Il n'avait pas de nombril ni même de fossette, là où il aurait dû y en avoir une.

La fourrure passait du blanc à l'orange sous sa taille. Elle recouvrait complètement son entrejambe. Il en avait sur les cuisses intérieures, mais la plus grande partie de ses jambes en étaient dépourvues. Ses pieds et ses mains étaient d'un noir charbon, la couleur des pattes de Potiron. Le noir se fondait progressivement dans la couleur fauve, ce qui brisait l'illusion de chaussettes ou des gants ; le noir et le fauve étaient les couleurs de sa peau.

— C'est moi, Cassy.

En se déplaçant sur le côté, il déploya trois longues queues. Couvertes de longs poils roux qui viraient au blanc aux extrémités, elles ondulèrent dans l'air comme la preuve la plus indiscutable.

— Tu vois ?

— Waouh… Eh bien… balbutiai-je en me grattant la tête. Mais comment ça se fait ?

— *Ça*, je ne le sais pas moi-même, avoua-t-il, en drapant ses queues sur ses genoux. J'essaie de comprendre ce que je suis depuis le jour où j'ai éclos de ma coquille.

— Tu as *éclos* ? répétai-je même si cela aurait dû sembler fou, mais avait, en fait, du sens. Tu venais bien de la citrouille après tout, n'est-ce pas ?

Il hocha la tête.

— Je le savais ! m'exclamai-je en levant les mains en l'air. Je savais que c'était ça. Tu ne t'es pas faufilé dans l'appartement comme maman a essayé de m'en convaincre. Tu es venu de la citrouille. Mais pourquoi ? Et comment ?

— J'ai changé de forme. J'ai évolué deux fois maintenant. Non… s'arrêta-t-il en tendant son bras devant lui, le regardant comme s'il le voyait pour la première fois. C'était peut-être vraiment la première fois qu'il examinait bien son nouveau corps. Non. J'ai changé trois fois. C'est déjà ma quatrième forme.

Il glissa sa main le long de son bras, puis toucha son torse. Suivant la bande de fourrure au milieu, il déplaça sa main vers la touffe de fourrure orange entre ses cuisses. Ses doigts s'y enfoncèrent.

Je toussai, et il retira brusquement sa main de son entrejambe.

— Eh bien, c'est intéressant, murmura-t-il.

— C'est réel ça ? dis-je en pointant un doigt vers ses oreilles, juste pour détourner l'attention de ce qu'il trouvait si *intéressant* dans la fourrure entre ses jambes.

— Ça ? répondit-il en bougeant ses oreilles, ce qui devait être la chose la plus mignonne que je n'avais jamais vue. Elles n'ont pas beaucoup changé, n'est-ce pas ?

— Non, dis-je en souriant. Elles sont toujours aussi adorables.

— Tu me trouves adorable ? Même sous cette forme ?

Ce sourire bien à lui réapparut, avec ces fossettes au-dessus des coins relevés de sa bouche qui lui donnaient un air effronté.

Je clignai rapidement des yeux, me détournant.

— Est-ce que tu pourrais juste… *ne pas* sourire, s'il te plaît ?

— Tu n'aimes pas ?

— Non… Ce n'est pas ça. C'est juste un peu trop pour moi, en ce moment. Tu comprends ?

— Non, répondit-il, confus. Je *ne* comprends *pas*. Mais d'accord. Je ferai de mon mieux pour ne pas sourire.

Son expression s'assombrit, et son sourire effronté me manqua immédiatement.

— Il y a tellement de choses qui sont… eh bien, folles en ce moment, essayai-je d'expliquer, sans mentionner à quel point ce sourire me donnait envie de l'embrasser. Tant de questions. Comme, qu'est-ce que tu es ? Pourquoi sommes-nous ici ? Où sommes-nous ? Que s'est-il passé au parc ? Que va-t-il se passer encore ?

Ma voix devenait de plus en plus aiguë à chaque question. Je m'arrêtai, craignant de paraître hystérique si je continuais à parler. Je pris quelques respirations rapides et superficielles, en fermant les yeux.

Il bondit sur ses pieds.

— Écoute, laisse-moi te faire à manger d'abord. Tu as la tête qui tourne et tu deviens même maladroite quand tu as faim. Beaucoup plus émotive aussi. J'ai lu que c'est parce que ton taux de sucre dans le sang chutait.

Mes yeux s'ouvrirent grands. Je me demandai quand et comment il avait bien pu « lire ». Mais mon attention se concentra à nouveau sur sa promesse de nourriture.

— Tu vas me faire à manger ? Comment ? Il n'y a rien ici. Pas moyen de sortir de cet endroit non plus. Nous sommes coincés ici…

L'hystérie menaçait d'exploser en moi après tout, mais il m'arrêta avec un baiser sur le front.

— Donne-moi juste une seconde.

Il se dirigea vers la chose qui ressemblait à une machine à glace italienne, ouvrit un compartiment sur sa droite, puis sortit une assiette et appuya sa main sur l'avant de la machine. Le panneau s'alluma comme un écran, et des signes et des caractères défilèrent. Il n'appuya sur aucun d'entre eux, toutefois, il continua seulement à maintenir sa paume à plat contre l'écran.

— Qu'est-ce que c'est ? demandai-je.

— Un réplicateur alimentaire, expliqua-t-il, et il plaça l'assiette sous la buse qui distribua une purée orange, puis une chose longue comme une saucisse, et quelques galettes multicolores. La machine utilise des nutriments en poudre pour reproduire les goûts et les textures. Ce n'est pas très appétissant, mais ça te rassasiera et te donnera de l'énergie.

À ce stade, j'aurais mangé n'importe quoi, même des biscuits pour chien.

Il prépara une deuxième assiette, qu'il remplit de la même

façon. D'un autre compartiment sur le côté, il prit deux ustensiles, puis revint vers le lit.

— Tu peux tenir ça, s'il te plaît ? demanda-t-il en me tendant les deux assiettes. J'aurai aussi besoin que tu descendes du lit.

Je m'exécutai, je me levai et je pris les assiettes. Il replia le lit dans le mur, puis déplia une table et deux chaises avec accoudoirs du mur à côté.

— Mangeons, ordonna-t-il en faisant un geste vers la table.

Je n'attendis pas une autre invitation. Plaçant les assiettes sur la table, je me laissai tomber sur l'une des chaises.

— Comment savais-tu pour ça ? demandai-je en pointant l'ustensile vers la purée orange.

Ça ressemblait beaucoup à des patates douces ou peut-être à de la courge. La saucisse semblait être constituée de viande finement hachée. Et les galettes avaient un goût de carottes ou de petits pois ou de légumes.

J'avais tellement faim que je me fichais vraiment de ce que c'était exactement. J'enfournai un morceau de « saucisse » dans ma bouche. Le goût de viande était assez agréable. Je continuai avec un tas de purée et de galettes de légumes.

Et dire que toute cette nourriture était là, dans la pièce avec moi depuis tout ce temps. Et j'ignorai comment y accéder.

— Comment savais-tu pour le réplicateur alimentaire et son mode d'emploi ? demandai-je encore, la bouche pleine.

Il me regarda manger pendant une seconde, en tournant son ustensile dans sa main.

— Je crois que je suis d'ici, Cassy.

— Que veux-tu dire ?

Mon regard se fixa sur le sien, même si ma main continuait à enfourner de la nourriture dans ma bouche.

— Les systèmes ici me semblent familiers.

— Familiers ? Tu sais où nous sommes ? Quel est cet endroit ? Un laboratoire ? Une sorte d'installation de recherche ?

— Je ne sais pas. Mais j'y appartiens d'une façon ou d'une autre, répondit-il, en s'adossant avec un soupir. J'essaie de comprendre ce que je suis, depuis le jour de mon éclosion.

— Est-ce que ça veut dire que tu as toujours été conscient ?

— Dans une certaine mesure, oui.

La purée se coinça dans ma gorge. Il avait toujours été une personne. Et je l'avais traité comme… un chien.

— Je peux ressentir les ondes électroniques et de communication, continua-t-il. Les ondes radio aussi.

— Comment les *ressens-tu* ?

Il inclina la tête comme s'il cherchait la meilleure façon d'expliquer.

— Pour moi, elles sont comme des fils suspendus dans l'air. Tout ce que j'ai à faire pour me connecter à l'une d'entre elles, c'est tendre mon esprit et les *toucher*. Je peux me connecter à n'importe quel appareil ou réseau, en contournant les mots de passe ou les pares-feux.

— C'est comme ça que tu as lu ? Sur Internet ?

— Oui. C'est comme ça que je fais mes recherches.

— Sur quoi as-tu fait des recherches ? En dehors de la glycémie basse des humains affamés ? dis-je avec un sourire.

Ses lèvres tressaillirent aussi, mais il se retint avant qu'un sourire complet n'ait la chance d'apparaître.

— J'essaie d'apprendre autant que possible. Sur les humains, votre monde, ta famille. Toi.

— Moi ?

Je clignai des yeux, et ma main avec la fourchette à deux dents s'arrêta en l'air.

— Tu as été la personne la plus proche de moi toute ma vie. Mon sujet d'étude le plus fascinant.

Fidèle à sa promesse, ses lèvres n'esquissèrent pas de sourire, mais ses yeux le firent. Leurs coins se plissèrent un peu. Leurs iris brillaient de chaleur et d'affection.

Cela eut sur moi un effet très similaire à celui de son sourire. Quelque chose flotta dans ma poitrine, mon estomac se contracta, et mon cœur se mit à battre plus vite.

— Qu'y a-t-il à étudier sur moi ?

— J'ai appris tout ce que je pouvais sur les livres que tu lisais et les films que tu regardais. J'ai fait des recherches sur ton école, les matières que tu suivais et les professeurs que tu avais. J'ai étudié tout ce que je pouvais trouver sur ton université dès le moment où tu as postulé.

Je le regardai, abasourdie.

— Quand as-tu fait tout ça ?

Il haussa les épaules.

— Que faire d'autre quand tu n'étais pas à la maison ?

— Je pensais que tu faisais juste la sieste.

Il ramassa un morceau de saucisse de son assiette.

— Erreur compréhensible, puisque j'étais souvent allongé sur le canapé les yeux fermés. Mais ça aidait ma concentration pour éliminer toute distraction visuelle.

Sa façon éloquente de parler suscita une autre question.

— Et… tu as toujours pu parler, ou c'est nouveau ?

— Non. Le programme de parole est venu avec la dernière mise à jour. Je ne pouvais pas parler avant. Bien que j'aie expérimenté les concepts de langage et formé des phrases complètes dans mon esprit.

J'avais fini mon assiette, je posai alors mon menton dans ma main, en le regardant manger. Si c'était la première fois qu'il était dans ce corps, il tenait aussi un ustensile dans sa main pour la première fois. Je n'aurais pas été surprise ou offensée s'il avait mangé directement dans l'assiette, comme Potiron le faisait. Mais il avait soigneusement piqué une galette de légume avec sa fourchette à deux dents, puis l'avait proprement mise dans sa bouche.

— Où as-tu appris à manger comme ça ?

— Cassy, répondit-il en inclinant encore la tête, ses oreilles orientées vers moi. Je sais tout ce que tu sais. J'ai grandi avec toi. J'ai regardé les mêmes émissions que toi. J'ai fait tous tes devoirs avec toi. Tu me lisais des histoires quand nous étions petits, tu te souviens ? J'ai appris ce que tu as appris. Nous avons étudié pour tous tes examens ensemble.

— *J'ai* étudié. Je pensais que, *toi*, tu bâillais et dormais à côté de moi.

— Non. J'avais peut-être les yeux fermés de temps en temps, mais j'étais attentif. Je suis sûr que je pourrais réussir tous tes examens maintenant si je le devais.

Tu n'as jamais vraiment eu de chien. J'essayais toujours de me faire à cette idée.

Alors que je pensais avoir un animal paresseux, mais adorable, sous ma garde, j'avais en réalité grandi à côté d'un être bien plus intelligent. J'avais peut-être eu des doutes sur ce qu'était Potiron, mais je l'avais toujours traité comme un chien toute sa vie.

En y réfléchissant maintenant, je comprenais la raison de son entêtement, et de son attitude parfois. Quelle personne intelligente aurait vraiment aimé aller chercher un bâton encore et encore, juste pour qu'il soit lancé à nouveau ? Potiron aimait jouer, mais il préférait les jeux amusants et stimulants, comme cache-cache. Il semblait aussi apprécier le jogging avec moi ou courir après moi dans le parc. Toutes les choses que j'aimais faire aussi.

— Dis-moi quelque chose, demandai-je en essayant de concilier mes souvenirs de Potiron avec l'homme assis en face de moi. Sois honnête. Tu n'aimais pas vraiment les friandises pour chien que je te donnais ?

Il posa sa fourchette, ses yeux se détournèrent.

— Pas vraiment, dit-il prudemment, comme s'il avait peur de me blesser.

Je tressaillis devant sa confession, non de tristesse, mais

plutôt car je me sentais tellement coupable de lui avoir imposé cette horrible nourriture pour chien toute sa vie.

— Et les croquettes ? Étaient-elles meilleures ?

Il rit doucement.

— Les croquettes ne sont pas si mauvaises, en fait. Elles n'ont aucun goût, comme du carton. Les friandises pour chien sont pires. Je pense qu'ils essaient de les rendre savoureuses en ajoutant de la saveur, mais, honnêtement, elles ont toutes un goût de merde.

Je haletai en l'entendant jurer. Ma culpabilité augmenta encore. Il l'avait probablement appris de moi, j'avais dû jurer en sa présence occasionnellement. Ce qui faisait de moi une propriétaire de chien plutôt irresponsable, n'est-ce pas ?

Chien ? Non. Il n'était *pas* un chien. Ne l'avait jamais été. Je devais me rappeler cela.

Mon Dieu, toute cette histoire me retournait la tête…

— Mon moment préféré de la journée, continua-t-il à se remémorer, c'était quand tu rentrais de l'école ou, plus tard, de l'université et que nous regardions la télévision ensemble et que tu partageais tes collations avec moi. Le sandwich au jambon est de loin la meilleure chose que j'ai goûtée.

J'aimais aussi ces moments, quand je m'appuyais contre lui sur le canapé, en regardant mes émissions préférées ou en lisant un livre. Potiron était le meilleur pour les câlins.

Je ne pouvais plus penser à lui comme à Potiron, cependant.

— Comment t'appelles-tu ? Je dois t'appeler par un nom, et ça ne peut pas être Potiron, maintenant que tu es… tu sais, balbutiai-je en agitant une main vers lui.

Il haussa une épaule.

— Potiron ne me dérange pas. Ça a été mon nom pendant si longtemps. J'y suis habitué.

Non. Je ne pouvais pas me permettre de penser à lui comme à mon chien ou mon animal de compagnie. Pas après l'avoir embrassé à moitié endormit. Ni après m'être demandé si le fait de l'embrasser pleinement éveillée serait tout aussi merveilleux.

— Non. S'il te plaît. Tu dois avoir un autre nom que celui que je t'ai donné. Te souviens-tu de quoi que ce soit avant d'être venu vivre avec nous ?

— Pas grand-chose. Avant d'éclore, je me souviens juste d'avoir eu froid ou chaud. Il y avait de l'obscurité, rien d'autre. Mais quand je suis arrivé ici, à cet endroit, on m'a appelé différemment.

— Ici ? *Qui* t'a appelé différemment ? demandai-je, j'avais été tellement choquée par sa transformation que je n'avais pas eu l'occasion de comparer nos expériences après les événements du parc. As-tu parlé à quelqu'un ici ?

— Oui.

Je me redressai.

— Nous ne sommes donc pas seuls ici ?

Il se prit la nuque, sa main s'enfonçant dans la douce fourrure.

— Je ne suis pas sûr. Je n'ai jamais vu personne. C'était juste une voix.

— Qu'a-t-elle dit ?

— Ils se sont adressés à moi en tant que M. A. X. X. 60039. 0 Q.

Je fis la grimace.

— Eh bien, c'est plutôt long. Qu'est-ce que c'est ? Ça ne ressemble pas à un nom. Plus à un code ou un numéro de série. Qui est sacrément long, en plus.

Ses traits se transformèrent avec un froncement de sourcils pensif.

— Un numéro de série ? C'est peut-être ça ?

— Un numéro de série est généralement attribué à un objet. Quelque chose qui est fabriqué par l'homme. Pas au vivant. Tu devrais avoir un nom…

Il secoua la tête, ce qui me coupa la parole.

— C'est ça le problème, Cassy. Je ne crois pas être né.

— Non, mais tu as éclos. Ce qui signifie quand même que tu es vivant. Tu as grandi et tu t'es développé depuis.

Il poussa nos assiettes vides de côté. Sa poitrine se souleva comme pour prendre une profonde inspiration.

— J'ai évolué, développé mes composants d'origine et mon logiciel et produit de nouvelles pièces selon ma conception et mes paramètres.

— Quels paramètres ? De quoi parles-tu ? Tu as l'air d'un robot là.

— Pas exactement un robot, Cassy. Un cyborg. Une machine créée avec des composants mécaniques, électroniques et biologiques, contrôlés par une intelligence artificielle.

Ça n'avait aucun sens. Avec son sourire éclatant et ses yeux intelligents, il n'avait jamais eu l'air plus vivant. Mais ensuite, je repensai à ses yeux rouges et au cliquetis dur dans sa mâchoire alors qu'elle se contractait…

Il était définitivement autre chose.

Mais une machine ?

— Il n'y a rien *d'artificiel* chez toi, murmurai-je.

Il passa ses mains dans la fourrure sur sa tête, puis souffla, en laissant retomber ses épaules.

— Ça a été un choc pour moi aussi, Cassy. Mais quand j'analyse tout ce que je sais sur moi-même, c'est la seule explication logique.

— En quoi est-ce logique ? Je n'abandonnai pas.

— Regarde-moi.

Il fit un geste vers la fourrure sur son corps, ses oreilles pointues, puis ses trois queues touffues.

— Et alors ? Tu es différent. Peut-être que tu viens d'une autre planète ? Tous les aliens ont une apparence différente des humains. Les Ivodiens ont encore plus de queues que toi. Et les Voraniens ont beaucoup plus de fourrure.

Il y avait quatre types d'extraterrestres avec lesquels les

humains étaient entrés en contact récemment. Outre les deux que j'avais mentionnés, il y avait aussi les Ravils et les Aldraiens. Ils avaient tous leurs propres caractéristiques uniques.

Je devais admettre que l'homme assis en face de moi ne ressemblait à aucun d'entre eux. Mais il pouvait être une nouvelle espèce, encore non découverte, n'est-ce pas ?

Il secoua la tête, peu convaincu.

— J'aimerais n'être qu'une autre forme de vie. Quelqu'un qui a des parents et une famille quelque part. Toutes mes expériences de vie jusqu'à présent ont été basées sur cette structure de société. Mais je crois que la voix qui m'a parlé avait raison. Je ne suis pas né. J'ai été créé. Une machine, numéro M. A. X. X. 60039. 0 Q.

Je m'affalai dans ma chaise, découragée. Ce qu'il était n'avait pas vraiment d'importance. Ça ne changeait pas ce qu'il avait été *pour moi*. Je ne savais même pas pourquoi j'avais argumenté si férocement. Peut-être parce que j'avais du mal à croire que cet homme sympathique et sexy était vraiment une machine censée être froide et insensible ? Peut-être était-ce la partie *insensible* qui me dérangeait ? Si je ressentais quelque chose pour lui, je souhaitais bien sûr qu'il puisse le ressentir pour moi aussi.

C'était simplement trop à assimiler d'un coup.

— Est-ce que je peux t'appeler Maxx ? Comme les quatre premières lettres de ton numéro ? demandai-je, son front se plissa, je me dépêchai alors d'expliquer. Potiron était le nom de mon animal de compagnie. Mais ce n'est pas ce que tu es. Ton numéro est plus proche de ton origine. Il englobe toutes tes formes et transformations. Mais ce n'est pas un nom. Maxx, par contre, ressemble à un nom. Un assez bon d'ailleurs. Facile et sans « réglages » nécessaires. Donc, tu peux en faire ce que tu veux. C'est entièrement à toi de décider qui sera cet homme, Maxx, expliquai-je en faisant un geste vers lui.

Il sembla réfléchir un moment à mes paroles.

— Maxx, répéta-t-il comme s'il essayait le nouveau nom à

voix haute. J'aime bien. Ça sonne comme à la fois mon passé et mon avenir.

Il posa une main sur la table et je la couvris avec la mienne. La couleur noire d'encre de sa peau sur sa main était bien plus sombre que le brun chaud de la mienne.

Je serrai sa main.

— Enchantée, Maxx.

CHAPITRE 7

CASSY

— Attention, alertai-je. Il y a des fantômes ici.

Maxx appuya sa main sur une porte au bout du couloir, qui s'ouvrit en douceur. L'avoir avec moi pour explorer cet endroit s'avérait extrêmement pratique. Je n'avais plus à fracasser d'autres panneaux de porte.

— Des fantômes ?

Après avoir mangé, nous avions décidé d'explorer cet endroit ensemble pour comprendre exactement où nous étions, et trouver comment rentrer chez nous.

— Oui. Un serpent fantôme gardait la pièce où tu étais enfermé, expliquai-je, tout en me demandant si les chiens qui m'avaient fait fuir à toutes jambes étaient aussi des créatures fantomatiques, mais je ne les avais plus revus ni entendus depuis. Cet endroit est hanté, ajoutai-je.

Ma voix tremblait, et il me prit la main, la serrant doucement.

— N'aie pas peur. Je suis avec toi.

Oh, ça faisait tellement de bien de l'avoir à mes côtés. Je ne me sentais plus effrayée, seule, ni même affamée. La gratitude m'envahit, mais je ne savais pas comment exprimer avec des mots tout ce que je ressentais.

Tout ce que j'ai pu dire fut :

— Merci.

Il hocha la tête, en me guidant devant lui.

— Maxx ? demandais-je, j'étais contente qu'il ait accepté de changer son nom, qui convenait mieux à sa nouvelle forme et lui donnait en quelque sorte une toute nouvelle identité dans mon esprit, distincte de celle de mon animal de compagnie. Est-ce que tu sais ce que signifient les lettres dans ton numéro ?

Ses beaux traits se durcirent, et je regrettai instantanément ma question.

— Oui, dit-il gravement. Ce ne sont pas des lettres, mais des mots en langue ivodienne. Et ils signifient « Extermination, Létale, Bio-Machine… » Rien de bien gentil, Cassy, conclut-il en me faisant signe de laisser tomber.

Je n'insistais pas pour une traduction plus détaillée puisqu'il n'aimait visiblement pas ce sujet. Ça n'avait pas vraiment d'importance pour moi, de toute façon. Ces mots n'étaient peut-être pas très agréables, mais je savais pertinemment que Maxx était gentil. Après tout, nous avions grandi ensemble.

— Alors, tu parles aussi l'ivodien maintenant ? dis-je pour changer de sujet.

— Je parle pas mal de langues. Ça faisait partie de la dernière mise à jour.

Son expression restait sombre, et je ressentis le besoin de le réconforter d'une manière ou d'une autre.

— Ce ne sont que des mots, le réconfortai-je en touchant son bras. Ce numéro t'a été donné par quelqu'un qui ne te connaissait pas du tout. Ce n'est pas ce que tu es, d'accord ?

Il ne répondit rien.

— Est-ce que tu… te sens comme une machine ? demandai-je après quelques pas de plus dans le couloir.

Il laissa échapper un petit rire.

— Comment penses-tu que je pourrais ressentir ça ?

— Je… Je ne sais pas. La sensation d'être froid, mécanique, guindé.

— Comme Terminator ? blagua-t-il, le sourire en coin.

— Peut-être.

Sa main se resserra dans la mienne en réponse et sa bouche se pressa en une ligne dure.

— Écoute, m'empressai-je d'expliquer. Je ne veux pas t'offenser. J'essaie juste de comprendre. Tu n'as pas l'air d'une machine. En fait, tu es tout le contraire. Tu es chaleureux et souriant. Tu parles et bouges de façon fluide et naturelle. Je crois que tu peux ressentir des émotions comme n'importe quelle personne vivante. Donc…

— Je n'ai aucune explication, Cassy. Je dois être fait comme ça.

Fait.

C'était la plus grande différence entre lui et moi. Il n'avait même pas de nombril. Parce qu'il n'était pas *né*. Il avait été fait.

— Tu penses que ce sont les Ivodiens qui t'ont fabriqué ? Puisqu'il semble que ton numéro vienne d'eux ?

— Probablement.

Les Ivodiens n'étaient venus sur Terre qu'une seule fois, il y a quelques années. Mais Maxx était ici depuis plus d'une décennie, au moins. Il ne pouvait pas être arrivé avec ce vaisseau.

Une autre pensée me vint à l'esprit.

— Techniquement, tu n'as que dix ans, c'est ça ?

— Pas exactement. J'ai passé beaucoup plus de temps sous mon ancienne forme, dans ma coquille.

— Donc, quelqu'un sur Ivodi a créé l'œuf avec toi à l'intérieur. Ils l'ont déposé sur Terre pour une raison quelconque.

Puis ils sont revenus te chercher. C'était bien la soucoupe volante ivodienne dans le parc, n'est-ce pas ?

— Sans doute. Elle ressemblait beaucoup aux navettes qu'ils ont utilisées lors de leur unique visite sur Terre.

— Pourquoi nous laissent-ils ici, alors ? La voix qui t'a parlé a-t-elle dit quelque chose à ce sujet ?

— Non. Elle n'a rien dit.

Jusqu'ici, je ne comprenais toujours pas mieux les choses.

— Que t'est-il arrivé après qu'ils nous aient pris au parc ? De quoi te souviens-tu ?

Il s'arrêta et se tourna vers moi.

— Je me souviens que j'étais dans le parc avec toi. Le crétin en polo bon chic bon genre s'est approché de toi.

— Tu veux dire Mathew ? Ce n'était pas un crétin.

— Vraiment ? s'exclama-t-il, puis il pencha la tête, et une de ses oreilles tressaillit comme pour chasser une mouche. Il s'est enfui au moindre signe de danger, te laissant sans protection.

— Comme il se devait. Il ne me connaissait pas. Qu'est-ce que tu attendais de lui ? Qu'il risque sa vie pour sauver une fille qu'il venait de rencontrer ?

Les muscles de sa mâchoire se contractèrent et ses yeux se plissèrent. Il ne dit rien, mais, à en juger par son expression, c'était exactement ce qu'il attendait du pauvre Mathew dans cette situation ; qu'il risque sa vie pour moi, rien de moins.

— C'était aussi ma faute, soupira-t-il. Je n'aurais pas dû m'éloigner de toi.

— Tu étais distrait.

— C'est vrai. Je les ai sentis.

— La soucoupe volante ?

Il acquiesça.

— Je savais que quelque chose n'allait pas avant même de les voir. Puis, la lumière m'a aspiré. Avec toi. Mais quand je me suis réveillé, tu n'étais pas là, raconta-t-il alors que son regard se fixait quelque part derrière moi tandis qu'il se remémorait l'événement. J'étais connecté à un système. Non pas via des ondes, mais avec des fils. Toute une toile d'araignée de fils, clairs et fins comme des cheveux, poursuivit-il, puis il leva sa main, et la fixa comme s'il s'attendait à voir des fils jaillir de sa peau. La voix a dit qu'ils effectuaient des diagnostics pour évaluer ce que j'étais devenu. Puis elle a ajouté que j'avais un nombre inquiétant de variations par rapport à ma programmation de base qui devraient être corrigées.

— Quelles *variations* ? raillai-je. Il n'y a rien qui cloche chez toi. Il n'y a jamais rien eu qui cloche. Tu es parfait tel que tu es.

— Merci, répondit-il avec un sourire, ce qui me fit me sentir toute chose.

Il se reprit à nouveau, effaçant rapidement son sourire, mais je touchai sa main.

— C'est bon. Souris autant que tu le veux, Maxx. C'était une demande stupide de ma part depuis le début. Personne n'a à te dire comment exprimer tes sentiments.

En fait, en plus de me donner envie de l'embrasser, son sourire me faisait aussi me sentir toute chaude et attendrie, me permettant d'oublier la peur et l'angoisse que je ressentais dans cet endroit. J'adorais le voir, même si je devais combattre l'envie de le couvrir de baisers chaque fois que son visage s'illuminait.

— Je ne sais pas ce qu'ils veulent dire par *variations*, ajoutai-je. Mais il n'y a rien à changer en toi.

Je ne le disais pas comme un compliment, je constatais simplement un fait. Mais il rayonna, comme s'il venait de recevoir le plus grand éloge de sa vie. Une fois de plus, je dus détourner mon regard de ce sourire. Il me faisait ressentir des choses qui m'empêchaient de penser clairement.

— Où est cette personne maintenant ? Celle qui t'a parlé ? demandai-je. C'était un homme ou une femme ?

Il fronça les sourcils en se concentrant.

— Je ne sais pas. C'était juste une voix, et elle sonnait plutôt androgyne, je dirais. Je ne suis même pas sûr que la personne était présente. Elle parlait peut-être à distance.

— Je vois, dis-je en prenant un moment pour réfléchir à ses propos. Tu dis avoir l'impression d'appartenir à cet endroit. Comment le *ressens*-tu exactement ?

Il se frotta la nuque.

— Eh bien, comme je l'ai expliqué, je me suis toujours connecté assez facilement aux réseaux de communication humains. Mais j'avais besoin d'un certain temps au début, pour les démêler et les comprendre. Ici, ça se fait automatiquement. C'est comme si toutes mes connexions étaient conçues pour fonctionner avec les systèmes ici. Ça ne me demande aucun effort d'ouvrir les portes ou de faire fonctionner le réplicateur de nourriture, par exemple. Tout se met en place tout seul.

— Donc, si tu es... euh, connecté, peux-tu me dire ce qu'est cet endroit ?

Il souffla.

— Non. Seules les choses simples comme les portes, le réplicateur de nourriture et certains paramètres, comme les réglages de température, me sont accessibles. Le reste est bloqué.

— Mais tu as dit que tu pouvais te connecter à n'importe quoi, même en contournant les mots de passe. Que les ondes étaient comme des fils suspendus dans l'air.

— Oui. Mais les « fils » ne sont pas exposés ici. Ils sont protégés. Tous les systèmes principaux, y compris la communication et l'information, sont inaccessibles, comme si les fils étaient enfermés dans des tubes. Je peux les « toucher », mais je ne peux pas y entrer.

La déception m'envahit. Il dut remarquer mon expression abattue et me caressa le bras pour me réconforter.

— Viens, Cassy. Nous trouverons un moyen de sortir d'ici, je te le promets. Il faut juste comprendre où nous sommes.

— D'accord.

Ses paroles rassurantes me redonnaient espoir quand j'en

avais le plus besoin. Mon propre optimisme était très réduit maintenant.

Je le suivis dans le couloir. Il marchait juste devant moi. Sa fourrure cachait bien l'avant de son corps. Mais à l'arrière, à part ses queues, il n'avait pas du tout de poils dans le dos. Ses fesses étaient presque entièrement visibles. Des muscles durs roulaient sous sa peau lisse, ce qui me rappela le sens de l'expression « avoir des fesses d'acier ». Dans son cas, c'était peut-être littéral s'il était vraiment un cyborg.

Cette pensée idiote me fit pouffer de rire, chassant la morosité de notre situation.

Maxx me jeta un coup d'œil par-dessus son épaule, un sourcil levé en guise de question.

— Oh, rien, dis-je en secouant la tête, puis je lâchai : je pensais juste qu'on devrait te trouver un pantalon.

— Pour quoi faire ? s'étonna-t-il en haussant les épaules. Ma fourrure couvre plus mon corps que ce qu'un mec normal couvrirait sur une plage.

— Tu vas sur quelles plages ? Tu t'es vu de dos ?

Il toucha ses fesses. Mais il le fit si vite qu'il finit par se donner une claque. Le bruit était assez fort pour résonner sous le plafond. Et inexplicablement, ceci me donna envie de faire pareil. Le désir de claquer les fesses de cet homme, ou au moins de les attraper m'envahit fortement. Je serrai mes poings contre moi, de peur de commencer à le peloter.

Il se frotta l'endroit qu'il venait de claquer.

— D'accord, si tu vois un pantalon quelque part, fais-le-moi savoir.

Ses yeux s'attardèrent sur les miens, et mon visage s'échauffa sous son attention. J'avais peut-être grandi avec Potiron. Mais en tant qu'homme, Maxx restait un parfait étranger. Son corps avait été réarrangé d'une nouvelle façon. Sa voix était nouvelle. La façon dont il me regardait était différente. Bien plus excitante.

Je ne savais pas quoi faire avec cette nouvelle attirance. M'éclaircissant la gorge, j'arrachai mon regard du sien. Je le laissai glisser au-delà de son épaule et vers le couloir derrière lui.

Une silhouette, enveloppée de blanc, s'éloigna devant.

Je suffoquai, momentanément, paralysée par le choc.

La silhouette semblait se déplacer lentement, mais parcourut rapidement la longueur du couloir. Lorsqu'elle tourna à l'angle, vers la droite, l'ourlet de son linceul effleura le mur. Un morceau du matériau blanc se dissipa dans l'air, déchiqueté en brume.

— Un fantôme… croassai-je en agrippant le bras de Maxx.

CHAPITRE 8

CASSY

Maxx tourna brusquement la tête, mais l'apparition fantomatique avait disparu.

— Qu'est-ce que c'était ? Qu'as-tu vu, Cassy ?

Je luttai contre un frisson qui traversa tout mon corps et humectai mes lèvres sèches.

— Un fantôme blanc… Il est parti par là, dis-je en faisant un geste vers la droite.

— Un fantôme ? Ce n'était pas plutôt une personne ?

Il s'engagea dans le couloir.

Je m'agrippai à son bras, effrayée à l'idée de rester seule, mais aussi terrifiée à l'idée de suivre cette créature fantomatique.

— Non. Ça ne pouvait pas être une personne. C'était une sorte de fumée, ou de brouillard, ou quelque chose comme ça…

Nous tournâmes à l'angle derrière lequel le fantôme avait disparu. Le couloir était vide à perte de vue.

— Il a disparu, murmurai-je.

Une sensation glaciale me picota le long de la colonne vertébrale. Je frissonnai, me rapprochant de Maxx.

— Intéressant.

Il n'avait pas l'air effrayé, mais la façon dont il prononça ce mot, lentement et avec insistance, envoya une nouvelle vague de frissons sur ma peau.

Il passa un bras autour de mes épaules, fixant le mur le plus proche. Non, réalisai-je, ce n'était pas le mur qui avait attiré son attention, mais la porte qui s'y trouvait. Elle semblait légèrement différente des autres portes dans les couloirs. Celle-ci était composée de deux parties avec une fente au milieu.

Maxx posa sa main à plat sur une moitié, puis la déplaça sur l'autre. Une bande lumineuse s'alluma au milieu, puis les portes s'écartèrent, s'ouvrant sur une petite pièce aux murs métalliques brillants.

— Qu'est-ce que c'est ?

Je passai la tête à l'intérieur. La pièce était complètement vide, cylindrique et sans fenêtres.

— Un ascenseur.

Maxx entra, m'entraînant avec lui.

Je jetai un coup d'œil dans le couloir. Il n'y avait toujours aucune trace du fantôme, ce qui pouvait être à la fois bon ou mauvais signe. Bon, parce que je ne voulais vraiment plus jamais le revoir. Mauvais, parce que si je ne le voyais pas, il pouvait réapparaître n'importe où, n'importe quand, et beaucoup plus près de moi.

Maxx glissa un doigt le long d'une bande lumineuse violette à l'intérieur.

— Il y a onze étages ici. Nous sommes au niveau moins deux.

— *Moins deux* ? Sous terre ?

— Peut-être, répondit-il, et il arrêta son doigt sur la ligne violette. À deux niveaux au-dessus se trouve le niveau zéro. C'est juste au milieu. On y va ?

J'essayai d'avoir l'air calme, bien que la vision inquiétante dans le couloir hantât encore mon esprit.

— Autant y aller. S'il y a une sortie, elle sera probablement au rez-de-chaussée, non ?

Onze étages. Cet endroit s'avérait encore plus grand que je ne l'avais d'abord pensé.

L'ascenseur monta d'un mouvement fluide. Quand les portes s'ouvrirent, Maxx me retint de son bras, me gardant à l'intérieur pendant une seconde, tandis qu'il scrutait l'espace extérieur à la recherche du moindre signe de danger. Satisfait, il hocha la tête.

— Allons-y.

Il prit mon bras en entrant dans un immense espace ouvert.

Après le labyrinthe étroit de couloirs en dessous, la pièce géante au plafond haut me donna l'impression d'être à l'extérieur. À ma déception, il n'y avait pas de gens ici non plus.

Tout comme l'étage inférieur, la pièce était illuminée de rouge. Les bandes lumineuses sous le plafond étaient enroulées et courbées en motifs étonnants qui pendaient comme des lustres rouges et brillant.

Mais l'élément le plus impressionnant de la pièce était les deux écrans géants. Ils occupaient deux pans entiers de murs, à droite et à gauche de nous, du sol au plafond. Sur ces écrans, des images d'étoiles dans l'espace étaient affichées.

Je marchai vers celui sur notre droite.

— C'est tellement beau. On dirait presque de la 3D.

Je touchai la surface. Elle était lisse et fraîche sous mes doigts.

Maxx vint à côté de moi et posa aussi sa main à plat sur l'écran.

— Tu sais ce qui est drôle, dis-je. Ils gardent l'éclairage bas, comme s'ils voulaient économiser l'énergie ici. Ce qui a du sens, puisqu'il n'y a personne de toute façon. Mais ensuite, ils ont ces écrans géants allumés. Et ce n'est pas juste une image. C'est une vidéo. Ça doit consommer beaucoup d'énergie pour diffuser ces images de l'espace.

Les étoiles scintillaient. À droite, un amas de lumière tourbillonnait de violet et de rouge. Je me demandais quel événement astronomique cela pouvait être.

Maxx retira sa main de la vitre. Il avait l'air sombre.

— Ce n'est pas un écran, Cassy. C'est une fenêtre.

— Une fenêtre ? répétai-je.

Il hocha la tête, ses sourcils bien dessinés se rapprochèrent.

Une fenêtre géante sur l'espace. Nous ne sommes pas dans un bâtiment, mais dans un vaisseau spatial.

Vaisseau spatial...

Je fixai, bouche bée, les étoiles au-delà de la vitre. Ceci était réel ?

Lorsqu'on est enlevé par des extraterrestres, on peut s'attendre à être emmené dans un vaisseau spatial, mais je n'avais jamais mis les pieds à l'intérieur. Je n'avais aucune idée de ce que c'était que d'y voyager. Ce vaisseau était énorme et paraissait stable, comme un bâtiment. À part l'air stérile, rien ne me faisait douter de ne plus être sur Terre. La gravité semblait la même. Il n'y avait eu aucun mouvement.

J'appuyai mon front contre la vitre. Les étoiles, les galaxies lointaines, la flamme rouge-violet tourbillonnante d'un phénomène spatial inconnu pour moi... Je ne reconnaissais rien de tout cela. Il n'y avait rien, là-bas, qui ressemblait à la Terre.

Lequel des points brillants au loin était ma maison ?

Plus je fixais l'océan infini d'étoiles, plus je me sentais petite. Perdue. Arrachée de chez moi, sans moyen d'y retourner...

Mon esprit tournoyait. Même le vaisseau géant semblait maintenant minuscule, filant à travers l'éternité.

— Je veux juste rentrer chez moi, murmurai-je.

Des larmes montèrent à mes yeux, brouillant l'espace devant moi.

— Cassy.

Des bras puissants m'entourèrent. Sa poitrine chaude se pencha contre mon dos. Le corps de Maxx m'enveloppa comme une couverture chaude et réconfortante.

Plus personne ne m'appelait Cassy, pas même mes parents. Pour tout le monde, j'étais Cass ou Cassidy. Seul Maxx continuait à utiliser mon nom d'enfance. Et c'était incroyablement réconfortant de l'entendre maintenant.

— Nous trouverons un moyen de rentrer, dit-il. Je te promets que je te ramènerai chez toi.

— Comment ?

Nous foncions à travers l'espace dans un vaisseau spatial extraterrestre hanté sans équipage. Il n'y avait pas une âme vivante dans cet endroit à part nous deux. Nous pouvions voler infiniment, sans route à suivre ni destination. Ce vaisseau n'était qu'une minuscule tache parmi des myriades d'autres dans l'immensité de l'espace.

Les étoiles semblaient tournoyer dans un vortex. Je me sentais étourdie, mais je ne pouvais pas détacher mes yeux de la fenêtre.

Nous allions mourir ici, au milieu de nulle part, au moment où le réplicateur de nourriture cesserait de fonctionner, où l'eau cesserait de couler, où le système de filtration d'air tomberait en panne, et personne ne saurait ce qui nous était arrivé.

Le système d'approvisionnement en air semblait déjà dysfonctionner. Il n'y avait pas assez d'oxygène. Pas pour moi, en tout cas. Plus j'essayais d'en aspirer dans mes poumons, moins il semblait y avoir d'air. Je haletai, mes doigts se contractèrent, en grattant la vitre.

— Cassy.

Maxx me retourna, pour m'éloigner des étoiles redoutables.

Mais maintenant, je faisais face à une image similaire de l'espace ouvert dans la fenêtre du côté opposé de la pièce. Je haletai plus fort, ouvrant la bouche comme un poisson hors de l'eau.

Maxx me secoua légèrement.

— Cassy, regarde-moi, ordonna-t-il en prenant mon visage et en le tournant vers lui. Regarde-moi.

Mes yeux rencontrèrent les siens, et je me concentrai sur cette vision familière. Un œil bleu, un vert. Les points brillants scintillaient à l'intérieur des deux iris, comme des étoiles. Seulement ces étoiles étaient chaleureuses et réconfortantes, pas intimidantes.

— Je te ramènerai chez toi, m'entends-tu ? Même si c'est la dernière chose que je fais, dit-il fermement.

— Oh, comme j'aimerais te croire… gémis-je, luttant pour respirer à travers la crise de panique.

— Nous devons chercher le cockpit, le pont du capitaine, ou peu importe comment ils l'appellent sur Ivodi. De là, je trouverai un moyen de me connecter aux systèmes de navigation du vaisseau. Nous découvrirons exactement où nous sommes. Ensuite, nous ferons en sorte que ce vaisseau nous ramène sur Terre, expliqua-t-il en caressant mes pommettes avec ses pouces. Tout ira bien.

Je reniflai.

— Mais tu as dit que tu ne pouvais pas te connecter aux systèmes ici.

— Je n'ai pas encore trouvé comment le faire. Les commandes principales sont généralement sur le pont. Une fois que nous y serons, il devrait être plus facile pour moi de me connecter au système de navigation. J'ai réussi à démêler des réseaux compliqués sur Terre. Ce devrait être plus facile ici, puisque je fais partie de ce monde.

Je ne savais pas si c'était ses paroles ou le flux doux de sa voix profonde, mais cela me calma suffisamment pour que ma respiration redevienne à peu près régulière.

— Tu es sûr ?

— Absolument.

Il avait l'air confiant. Je craignais qu'il ne fasse semblant pour moi, néanmoins, j'étais reconnaissante. J'étais si incroyablement heureuse d'avoir Maxx avec moi sur ce vaisseau fantôme. J'aurais simplement aimé avoir un peu de sa confiance.

Je pris une respiration tremblante, me forçant à me ressaisir.

— Tout comme tu t'es connecté à notre Wi-Fi à la maison ?

— Exactement. Le Wi-Fi et tout le reste.

Il essuya les quelques larmes que je n'avais pas remarquées sous mes yeux.

— *Tout le reste ?* Nous n'avions pas tant de technologie dans l'appartement.

— Ondes radio, signaux satellites, ton téléphone…

— Mon téléphone ?

Il se tut, comme s'il avait dit quelque chose qu'il n'avait pas prévu et ne savait maintenant pas quoi en faire.

Je lui lançai un regard sévère.

— Maxx, dis-moi, as-tu piraté mon téléphone ?

— Je ne suis pas un pirate informatique, s'indigna-t-il. Quelqu'un devait simplement garder un œil sur tes contacts et leur comportement. Tu as fait beaucoup de nouvelles *connaissances* quand tu es rentrée à l'université.

Je plissai les yeux, pas très impressionnée par cette révélation. En même temps, j'étais reconnaissante pour la distraction que ce sujet offrait. Ma crise de panique était passée, et je n'avais plus envie de traverser la fenêtre et sauter dans l'espace.

— Et comment as-tu fait exactement pour garder un œil sur mes contacts ?

Il détourna le regard, parlant avec beaucoup de réticence.

— Je… me suis connecté à ton téléphone. Pour surveiller tes e-mails et tes messages texte. Pour ta sécurité.

— Mais c'est la définition même du piratage, ce que tu viens de dire. Ce n'est pas parce que tu l'as fait « pour ma sécurité » au lieu de chercher mes informations bancaires que c'est mieux.

— Vraiment pas ?

Il inclina la tête, ses oreilles se redressèrent.

Je réfléchis à l'éthique des deux exemples.

— Eh bien, peut-être que le souci pour la sécurité de quelqu'un justifie parfois l'invasion de sa vie privée. Mais quand même… Ce n'est pas comme si j'étais vraiment en danger. Qu'as-tu fait, de toute façon ?

Avec son bras autour de mes épaules, il se tourna vers l'ascenseur.

— J'ai bloqué les abrutis. J'ai aussi intercepté et supprimé leurs messages avant que tu ne les lises et probablement t'en attriste, lâcha-t-il, et je ne sentais aucun remords dans sa voix, mais il eut l'air un peu penaud lorsqu'il admit : j'ai aussi peut-être envoyé des textos à un ou deux gars. Tu sais, les plus têtus, ceux qui refusaient d'accepter le non comme réponse.

— Tu as envoyé des textos en te faisant passer pour moi ? soufflai-je, sentant la colère monter en moi.

— Juste une ou deux fois. Je le jure. Et c'étaient des gars dont tu devais vraiment te tenir éloignée. Comme celui qui devenait de plus en plus agressif quand il ne recevait pas de réponse à ses messages immédiatement. Et l'autre qui a envoyé une longue liste de choses qu'il attendait d'une femme dans une relation. Il voulait que tu confirmes que tu l'avais reçue, lue, et que tu étais d'accord avec tous les points avant qu'il t'emmène à un deuxième rendez-vous.

Waouh, il semblait m'avoir évité quelques catastrophes. Mais quand même… C'était une grave incursion dans ma vie privée.

L'ascenseur s'arrêta au niveau -2, et les portes s'ouvrirent. Je soufflai un coup et sortis en trombe, sans même vérifier d'abord s'il y avait des fantômes dans le couloir.

— Cassy…

Maxx me rattrapa facilement et trottina devant moi avec un regard suppliant sur son visage.

Je levai un doigt en avertissement.

— Ne me fais pas ces *yeux de chien battu*. Je n'arrive pas à croire que j'ai été piratée par mon propre chien. À plusieurs reprises.

Il fit la moue.

— Pas un *chien*.

Il avait tout à fait raison sur ce point, mais j'étais trop énervée pour l'admettre.

— D'accord, donc ces deux-là auraient pu être un désastre complet. Mais j'ai rencontré plus de deux gars au cours des dernières années, tu sais. Ce n'était pas tous des connards. Mais à cause de toi, je n'ai jamais eu la chance d'en connaître un seul. Tu ne m'as pas laissée entrer en contact avec qui que ce soit.

Il resta inflexible.

— Crois-moi, je t'ai épargné beaucoup de peines de cœur au fil des ans.

Je passai une main sur mon visage.

— Tu as fait de moi la dernière vierge de vingt et un ans de tout l'Univers.

— Tu exagères, dit-il d'un ton neutre.

Je refusai de le regarder.

— Je pensais qu'il y avait quelque chose qui clochait chez moi... Que j'étais repoussante ou quelque chose comme ça. Ça explique pourquoi personne ne voulait mieux me connaître.

Il perdit de son assurance.

— Oh, Cassy... murmura-t-il d'une voix tremblante, soit de regret, soit de compassion, puis il franchit rapidement la distance entre nous et me prit dans ses bras. Il n'y a rien qui cloche chez toi. Pas une seule maudite chose. Pour moi, tu es absolument parfaite. Aucun de ces gars ne te méritait.

J'appuyai ma joue contre la fourrure sur sa poitrine.

— Vraiment pas ? Mais, alors, qui ? Pour qui me gardais-tu ?

Il resta silencieux, et je levai mon visage, ayant besoin de voir ses yeux.

— Pour qui ? répétai-je. Pour toi-même ?

Il m'offrit un sourire dénué d'humour.

— Non. Pas pour moi-même. Comment aurais-je pu ? Je n'étais qu'un *chien*, tu te souviens ? Juste un animal de compagnie, sans espoir de ne jamais devenir quelque chose de plus pour toi.

La façon dont il le dit éteignit les restes de ma colère.

— As-tu déjà souhaité devenir quelque chose de *plus* ?

Sa poitrine se dilata dans une longue inspiration.

— Pendant très longtemps, j'étais content de ma vie, telle qu'elle était. Je te voyais tous les jours. Je passais chaque nuit avec toi. C'était suffisant. Les choses n'ont commencé à changer que récemment.

— Quelles choses ?

Il me serra plus près, posant son menton sur le dessus de ma tête. Je ne pouvais plus voir son visage dans cette position, et je me demandais si c'était au moins en partie la raison pour laquelle il l'avait fait.

— Dernièrement, j'ai commencé à remarquer des choses à ton sujet auxquelles je ne prêtais pas beaucoup d'attention avant.

— Comme quoi ?

— Comme à quel point tu étais belle dans tes vêtements de sport. Ou comment tu gémissais dans ton sommeil parfois.

J'enroulai un doigt dans la fourrure douce et blanche sur son torse.

— Je... je n'avais aucune idée que tu faisais attention à quoi que ce soit. Je me déshabillais devant toi tout le temps. J'allais aux toilettes avec la porte ouverte.

— Moi aussi.

Il rit doucement.

Mes souvenirs prirent un tournant embarrassant.

— J'ai amené mes amies dans la salle de bain quand tu l'utilisais. J'étais si fière de leur montrer quel chien intelligent tu étais. Tu savais utiliser les toilettes et même tirer la chasse, dis-je dans une plainte, en enfouissant mon visage contre son torse. Je suis vraiment, vraiment désolée, Maxx. Ça ne m'est jamais venu à l'esprit de me soucier de ta vie privée. Ou... de tant d'autres choses que j'ai faites en ta présence. C'est humiliant de penser à tout cela maintenant.

Comme me couper les ongles des orteils, ou me gratter les fesses, ou me curer le nez. Je n'avais jamais réfléchi avant de faire ces choses en la présence de Potiron.

Mon visage devint de plus en plus rouge à l'idée de chaque nouveau souvenir.

Il rit, en me frottant le dos de façon apaisante.

— D'accord, mais combien de fois me suis-je léché les fesses en ta présence ?

— Beaucoup ! gloussai-je.

— Et j'ai vomi partout dans ton lit cette fois-là, tu te souviens ? Après ta fête d'anniversaire pour tes douze ans.

— Oui, parce que mes amies et moi voulions que tu le célèbres avec nous et t'avons donné un énorme morceau de gâteau. Nous avions pensé que puisque ce n'était pas du chocolat, tu pouvais le supporter.

— J'aurais été bien si je m'étais arrêté après n'en avoir mangé que la moitié. Le morceau était presque aussi grand que moi à l'époque. Et c'était si bon que j'ai tout mangé.

— Ce n'était pas seulement les vomissements, expliquai-je en fronçant le nez, me souvenant de cette nuit dans tous ses détails nauséabonds. Les pets étaient insupportables. J'ai fini par dormir sur le balcon.

— Ça ne m'étais même pas venu à l'esprit de me demander pourquoi tu m'avais laissé le lit au lieu de *me* mettre dehors sur le balcon pour la nuit. Mais pourquoi l'as-tu fait ?

— Tu étais tellement malade. Je n'avais pas cœur à te déplacer. Mais, ajoutai-je avec un sourire, je ne voulais pas non plus dormir dans la même pièce que toi sans masque à gaz cette nuit-là.

Il sourit aussi. Son expression était chaleureuse alors que nous parlions de notre vie ensemble et de notre enfance partagée. Il n'y avait absolument aucune gêne ou aucun jugement de sa part. Et cela me mit à l'aise aussi. Il avait beau avoir l'air différent, il y avait encore tellement de mon petit Potiron en lui. Nous avions partagé une vie ensemble.

Il resserra ses bras autour de moi, et je me penchai plus près de son corps.

— Je suis tellement confuse à ton sujet, dis-je en appuyant ma joue contre son torse.

— Pourquoi ?

— Tu es clairement un homme maintenant. Mais tous mes souvenirs de toi sont de l'époque où tu étais Potiron. Pendant dix ans, je t'ai considéré comme mon chien… Ça me perturbe maintenant.

— Ça ne devrait pas.

Je poussai un soupir.

— Qui es-tu, Maxx ? Que représentes-tu pour moi ?

— Un ami, dit-il simplement. Je l'ai toujours été. Je le serai toujours.

Un ami.

C'était simple. Et tellement vrai. Peu importait à quoi il ressemblait ou quel était son nom. Il avait toujours été mon ami le plus proche.

CHAPITRE 9

CASSY

Il y avait un problème avec le fait que Maxx soit mon ami, et *seulement* mon ami. Les amis ne s'embrassaient pas, n'est-ce pas ? Ils ne faisaient pas non plus de rêves érotiques l'un sur l'autre. Et ils ne se seraient certainement pas assis près de la porte de la salle de bain pendant que leur ami prenait une douche, à écouter le bruit de l'eau qui coulait, fantasmant à l'idée de partager la douche avec l'autre.

Après notre retour à la cabine, et après le déjeuner, j'avais pris ma douche en premier. Elle avait une fonction pratique de séchage, qui séchait les cheveux et la peau à la fin. Une fois terminé, vint le tour de Maxx. Je m'étais alors demandé si je pouvais éventuellement laver et sécher mes vêtements sous la douche. Ou les étendre pour qu'ils sèchent pendant la nuit. Mais cela signifiait que je devais dormir nue.

Et puis mes pensées prirent une tournure inattendue. Maintenant, je me demandais si Maxx voudrait toujours partager le lit avec moi la nuit. Maintenant qu'il avait changé, il pourrait préférer avoir plus d'espace, sans mes jambes et mes bras autour de lui. Ce serait un problème s'il le faisait, car je m'étais rendu compte que j'aimais vraiment l'entourer de mes jambes et de mes bras, quelle que fût sa forme. Bien que sa dernière forme semblât exceptionnellement attirante.

Ces pensées sensuelles fournissaient une distraction. Elles m'aidaient à ne pas m'attarder sur les horreurs d'être piégée dans un vaisseau spatial hanté sans équipage. Mais elles me rendaient aussi anxieuse. Je me sentais agitée et distraite, mon attention fixée sur le bruit de l'eau qui coulait derrière la porte de la douche, puis sur le bruit du sèche-linge qui s'arrêtait.

La porte de la salle de bain s'ouvrit, et Maxx sortit. D'une main, il ébouriffait encore la fourrure autour de son cou. C'était à la fois cool et adorable. Et cela me donnait envie de passer mes doigts dans la douceur blanche autour de son cou.

Interrompu par mon regard, il s'arrêta juste après le seuil. Nos yeux se rencontrèrent, et ma respiration se bloqua. Plus nous nous regardions, plus le silence s'alourdissait.

— C'est bizarre, dis-je, juste pour rompre le silence. Bizarre de te voir après un bain que je ne t'ai pas donné.

Il inclina la tête. Avec ses oreilles pointues dressées, ce geste était beaucoup trop mignon.

— Aurais-tu aimé me le donner ?

Son expression restait sincère, à l'exception d'une petite étincelle d'amusement au fond de ses yeux.

— Eh bien… euh… balbutiai-je, sa question me laissait sans voix, car j'avais la réponse, mais je ne me sentais pas prête à la partager avec lui. À court de mots, je tendis la main vers la fourrure blanche sur son cou. Est-ce que je peux la toucher ?

J'adorais caresser Potiron après l'avoir lavé. Sa fourrure était exceptionnellement douce et parfumée.

En s'approchant, Maxx rejeta ses épaules en arrière, pour me donner un accès complet à sa fourrure.

— Vas-y, dit-il en souriant. Caresse-là autant que tu veux.

Je plongeai mes doigts dans sa fourrure chaude et parfumée. Elle était encore un peu humide et ressemblait beaucoup à celle de Potiron. La structure musculaire sous la fourrure, cependant, était différente.

Je glissai mes doigts le long de sa clavicule jusqu'à son épaule, puis fis glisser ma main le long de son torse. Comme ses épaules, la partie extérieure de sa poitrine était dépourvue de fourrure. Le bout de mes doigts glissa sur sa peau chaude et lisse, qui s'étirait sur les muscles durs en dessous.

Lorsque j'atteignis son abdomen, il inspira brusquement et saisit mon poignet.

— Cassy, dit-il d'une voix qui semblait rauque et plus profonde que d'habitude. Si tu vas plus loin…

C'était un avertissement. Mais j'étais tentée de l'ignorer. Je souhaitais continuer à explorer son corps, qui était un mélange si étonnant de choses, à la fois familières et nouvelles pour moi.

Je me demandais ce que ce serait si ses doigts exploraient aussi mon corps. Prenant une inspiration rapide, je levai les yeux vers les siens. Ses longs cils, couleur noire chocolat, ombrageaient ses yeux, les faisant paraître plus sombres aussi. L'un était devenu vert, l'autre de la couleur de l'océan tumultueux.

Il avait toujours eu des yeux incroyables, quelle que soit la forme qu'il prenait. Mais, auparavant, son regard ne m'avait jamais fait ressentir ce que je ressentais maintenant. Ma peau picotait dans le sillage de son regard, qui glissait sur mon corps. L'air dans la pièce semblait se réchauffer. Je ne savais pas quoi faire, mais il fallait agir.

Soutenant son regard, je portai ma main à la fermeture éclair devant ma brassière de sport et je l'ouvris.

— Putain, grogna-t-il.

Ses yeux brillèrent. Je fis un pas en arrière, et il suivit. Il se déplaça plus vite que moi, réduisant la distance entre nous. Il m'entoura de ses bras.

— Cassy, murmura-t-il, en pressant ses lèvres contre mon visage.

Mon cœur accéléra.

— Je… j'ai rêvé de toi, Maxx, tel que tu es maintenant. Mais j'ai rêvé de toi il y a plusieurs jours. Bien avant que tu…te transformes. Pourquoi ?

Il posa des baisers le long de ma mâchoire.

— Je ne sais pas. Mais cela ressemble à un rêve.

Il trouva mes lèvres avec les siennes. Son baiser était plus confiant maintenant que le précédent, plus urgent aussi. J'entrouvris mes lèvres pour lui, et sa langue envahit ma bouche comme si c'était son droit depuis toujours.

Les deux lits superposés étaient rangés. Sans rompre le baiser, il me fit reculer jusqu'à ce que mes fesses heurtent la table. Une de ses paumes chaudes glissa le long de mon flanc. Il écarta ma brassière ouverte et couvrit mon sein de sa main.

Je respirais plus vite, haletant doucement contre sa bouche. Il me souleva sur la table. Je me penchai en arrière, appuyée sur mes bras, tandis qu'il descendait en m'embrassant jusqu'à ma poitrine, puis suçait un téton.

Le désir explosa en moi en s'accumulant brûlant dans mon bas-ventre. Mes cuisses tremblaient. J'agrippai le bord de la table alors qu'il descendait en embrassant mon corps. Ses queues s'enroulèrent autour de mes chevilles avec une douce caresse. Il me retira mon pantalon et ma culotte. Puis la fourrure autour de son cou me chatouilla entre les jambes, et je saisis ses oreilles, l'empêchant d'aller plus loin.

— Je n'ai jamais été aussi loin, avouai-je d'une voix rauque.

Il leva les yeux vers les miens, en m'adressant un sourire arrogant.

— Je sais. Je m'en suis assuré.

C'était une référence claire à ma vie amoureuse inexistante et le rappel que *lui* était la principale raison pour laquelle elle l'était. Cela aurait dû me mettre en colère ou au moins m'irriter. Sauf qu'à ce moment précis, il pressa son menton contre mon endroit le plus intime, en me souriant toujours. La chaleur envahit mon corps.

Tournant la tête, il embrassa l'intérieur de ma cuisse. La pression de ses lèvres était si douce, si intime. Ma réaction fut plus que physique. Mon cœur se gonfla d'émotion.

— Maxx...

Je plongeai mes doigts dans la fourrure sur sa tête. Il m'écarta avec sa langue, la traînant lentement.

La sensation était nouvelle et si intense que je gémis. Personne ne m'avait touchée là avant, à part moi-même. La caresse de sa bouche et de sa langue sur moi était une expérience exquise, incomparable. La chaleur se répandit en moi. La pression pulsait, chaude, là où sa langue se connectait à mon corps. Perdue dans le plaisir, j'en oubliai où nous étions. Tous les problèmes fondirent temporairement dans la chaleur qui parcourait mon corps.

La pression douloureuse augmentait avec chaque tourbillon de sa langue en moi. Il alternait de petits mordillements avec de douces succions, et tout cela créait différentes sensations qui se mélangeaient en un mélange incroyable de pure extase.

— Oh... mon Dieu... murmurai-je en pressant mes pieds contre ses épaules, soulevant mes hanches. Je suis...

J'oubliai ce que j'allais dire. Le plaisir culmina, me traversant avec le meilleur orgasme de tous les temps. Il me priva de mots. Il saisit mes hanches, poursuivant chaque petit frémissement de mon climax avec sa langue.

Je restai allongée sur la table, épuisée. Il se hissa le long de mon corps, laissant une traînée de baisers minuscules et doux sur ma peau. Quand il arriva à mon cou, je jetai mes bras autour de lui.

— Je n'ai jamais... Maxx. C'était... Qu'est-ce que c'était ? Où as-tu appris à faire ça ?

Il rit doucement, embrassant mon visage.

— J'ai fait quelques recherches.

— Quel genre de recherches, cette fois ? As-tu regardé des vidéos de sexe ou des trucs comme ça ? Du porno ?

— Ça aussi. Mais je n'ai pas trouvé le porno très utile. Ce n'est pas la meilleure ressource pour faire des recherches sur le plaisir féminin, tu sais ?

En plongeant mes mains dans sa fourrure, je soulevai sa tête pour voir son visage.

— Dis-moi, pourquoi as-tu recherché ce sujet ?

Il s'appuya sur ses bras, décollant son torse de moi.

— Par intérêt général, au début. Le sexe est une si grande partie de la vie humaine, il est impossible d'éviter d'en apprendre à ce sujet en étudiant les humains. Mais dernièrement… Eh bien, dernièrement, j'ai cherché des réponses sur ce qui arrivait à mon corps. À moi. Physiquement et émotionnellement.

— Et as-tu trouvé les réponses ?

— Certaines, répondit-il en regardant ailleurs. Les choses ne sont pas simples quand on est le seul de son espèce sur toute la planète. Peut-être de tout l'Univers.

Mon cœur s'emplit de compassion. Il parlait de ses différences. Maxx subissait des transformations multiples et incroyables, sans aucune aide.

Je lissai sa fourrure et caressai ses oreilles pointues.

— Est-ce effrayant de changer de forme de façon aussi dramatique ? Tu es passé de la marche à quatre pattes à celle sur deux jambes. Du mutisme à la parole. Je glissai un regard sur son torse, ton corps a changé du jour au lendemain, ajoutai-je.

— C'était déconcertant, au début. Et déroutant. Comme une éruption de sensations très différentes dans de nombreuses parties de mon corps, certaines dont j'ignorai même l'existence.

Je passai un bras autour de ses épaules, en me redressant, et il se releva pour me faire de l'espace.

— Lesquelles de ces sensations ressens-tu en ce moment ?

Il soupira.

— Tellement. Mais surtout… Surtout, j'ai juste envie de te baiser. Aussi fort que dans ces vidéos pornographiques.

J'éclatai d'un rire rauque. C'était d'une honnêteté brutale de sa part. Et cela me rendit à la fois nerveuse et intriguée.

— Vraiment ? répondis-je en baissant la tête, évitant ses yeux tandis que mes joues chauffaient. Et as-tu tous les… euh, *attributs* nécessaires pour ça ?

J'effleurai son torse de ma main, mais il s'empara de mon poignet au moment où mes doigts atteignaient la fourrure orange entre ses cuisses.

— J'ai… quelque chose, dit-il doucement. Mais c'est différent de celui des humains. Tu comprends ?

Je recroquevillai mes doigts alors qu'il maintenait ma main à une distance sûre de lui.

— Eh bien. Je n'ai vu cette partie humaine qu'une ou deux fois…

— Tu l'as vue ? Quand ?

Je levai la tête et fus accueillie par son froncement de sourcils.

— Oui, *mon petit Potiron*, dis-je avec une bonne dose de sarcasme. Ta cybersécurité n'est pas aussi infaillible que tu pourrais le penser. J'ai réussi à voir le sexe d'un gars, malgré tes meilleurs efforts.

J'avais une règle : pas de sexe au premier rendez-vous. Et je ne l'avais pas enfreinte. Mais à quelques occasions, une séance de flirt était allée assez loin pour que je ne sois pas complètement ignorante sur la forme du sexe d'un homme.

— Je n'ai jamais essayé de te tenir éloignée du sexe, expliqua-t-il. Juste éloignée d'un chagrin d'amour.

En cela, il avait réussi. Depuis cette trahison au lycée, je n'avais plus jamais pleuré pour un homme. Mais c'était aussi parce que j'avais appris la leçon : ne pas faire confiance à un gars trop rapidement.

— Essaies-tu de me distraire ? demandai-je en agitant mes

doigts, car il tenait toujours mon poignet dans sa main. Parce que ça ne marche pas. Je veux toujours le voir.

Il remua la mâchoire, visiblement tiraillé entre l'idée de me laisser le toucher et me tenir à distance.

— Je te promets que je ne vais pas paniquer, quoi que je voie, d'accord ? dis-je sincèrement, puis j'ajoutai avec un sourire, je promets de ne pas rire non plus.

Il leva les yeux au ciel, et je gloussai. En me penchant, j'embrassai sa joue.

— Allez, Maxx, le cajolai-je. Laisse-moi te toucher, s'il te plaît. Je sais que tu meurs d'envie d'avoir mes mains sur toi.

Il ne contesta pas cette dernière déclaration, mais garda ma main fermement piégée. Mon autre main restait libre, mais je n'allais pas le toucher sans sa permission.

Il approcha sa bouche de mon oreille.

— Cassy, j'ai *trois* queues.

— Je sais. Et je les aime bien.

La douce caresse, légère comme une plume, de ses queues effleura mes jambes.

— Je sais que tu es différent, Maxx. Mais c'est ce que j'aime chez toi. Tu es unique. Fais-moi confiance, peu importe à quoi ressemble ton sexe…

— *Sexes* au pluriel.

— Quoi ?

Il posa son menton sur mon épaule, me cachant son visage.

— Trois queues. Trois sexes, Cassy.

— Oh !

Ce fut tout ce que je pus dire.

Il lâcha mon poignet, et j'enroulai mes deux bras autour de sa taille, ne cherchant plus à atteindre son entrejambe.

Trois ?

Trois…

Ça demandait du temps pour l'assimiler.

— Comment ça marche ? demandai-je avec hésitation.

— Je ne sais pas. Je n'ai jamais eu l'occasion de les utiliser.

— D'accord. Eh bien, sont-ils...

J'avais tant de questions. Quelle était la taille de chacun ? Étaient-ils positionnés en ligne ou en groupe ? Jouissait-il avec tous en même temps ? Ou bien chacun exigeait-il une attention individuelle ? Et pourquoi *trois* ? Pourquoi ?

Cependant, il y avait une vérité dans le dicton « *Une image vaut mille mots.* »

— Un ou trois, je veux toujours voir. Et toucher, affirmai-je fermement.

Avec une profonde inspiration, il se pencha un peu en arrière.

— D'accord. Vas-y.

Ses lèvres se pincèrent, ses traits se figèrent, son corps se tendit. Malgré sa permission, il était clairement nerveux.

— C'est bon, Maxx. C'est moi, tu te souviens ? Tu n'as pas à t'inquiéter.

Je déplaçai ma main de son dos vers l'avant de son corps et je plongeai juste le bout de mes doigts dans l'épaisse fourrure entre ses cuisses. Je les gardai en suspens, lui donnant de l'espace, prête à me retirer complètement au moindre signe qu'il changeait d'avis. Au lieu de cela, je rencontrai quelque chose.

Trois appendices atteignirent ma main depuis le doux nid de sa fourrure. Ils s'enroulèrent autour de mes doigts, caressant ma paume. Chacun était plus épais que mon pouce et presque deux fois plus long que ma main.

Posant ma tête sur l'épaule de Maxx, je les regardai onduler autour de ma main. Ils semblaient fermes quand j'en caressais un, mais flexibles. Effilés vers l'extrémité comme des tentacules. Lisses, avec les veines légèrement saillantes. Et oui, ils étaient en groupe, positionnés les uns près des autres à la base.

— Fascinant... lâchai-je en laissant les appendices tendus courir entre mes doigts. Leur peau était particulièrement soyeuse au toucher, humidifiée par une fine couche de lubri-fiant. C'est tellement ingénieux, m'émerveillai-je.

Trop absorbée par mon exploration, j'oubliai de prêter attention à autre chose. Le halètement étranglé de Maxx me ramena à la réalité.

— Cassy. Je… je ne peux pas…

Il souffla brusquement.

Ses trois sexes s'enroulèrent les uns autour des autres. Pressés ensemble, ils formèrent quelque chose comme une corde épaisse et serrée. La corde convulsa. Une fois, deux fois. Puis, une substance claire, semblable à un gel, jaillit.

— Mon Dieu… Putain…

Maxx haletait tandis que la « corde » dans ma main ondulait, libérant davantage de substance claire, jet après jet.

Un parfum agréable emplit l'air. Ça sentait la cannelle et la muscade avec une touche de gingembre, me rappelant les tartes automnales de ma mère.

Je caressai la « corde » de Maxx une fois de plus, le faisant frissonner et gémir comme s'il éprouvait à la fois du plaisir et de la douleur. Il appuya ses mains sur la table de chaque côté de moi et enfouit son visage dans mon cou. Je passai les doigts de ma main propre dans la fourrure à l'arrière de sa tête.

— Eh bien, ça n'a pas pris longtemps, grogna-t-il.

— Tu t'y attendais ? demandai-je, incertaine.

En plus de n'être experte en rien de tout cela, je craignais d'avoir été trop distraite par ma curiosité, jouant avec son corps au lieu de prêter attention à son plaisir.

Il respirait fort contre mon épaule. L'inquiétude s'était insi-nuée en moi. C'était son premier orgasme, et je n'avais aucune idée si j'avais réussi à en faire un bon pour lui.

Finalement, il leva la tête.

— Il ne rend pas justice au sexe, déclara-t-il avec ce sourire à fossettes, qui lui était propre.

— Qui ? *Il* ?

Son sourire brilla aussi dans ses yeux.

— Le porno. Le sexe n'y a pas l'air aussi bon qu'il ne l'est en réalité.

Je poussai un soupir de soulagement.

— Alors, tu as aimé ?

— Adoré ! s'exclama-t-il, il me saisit de la table et me fit tournoyer dans la pièce. Faisons-le encore.

Je ris.

— Hé, calme-toi. Nous avons d'autres choses à faire. Ce n'est pas comme si nous étions en vacances ici. Laisse-moi au moins me laver les mains.

— Tes mains ?

Il arrêta de me faire tournoyer et me reposa.

J'agitai ma main couverte de sa semence.

— Ça sent bon, cependant. Je dois l'admettre.

Il plissa les yeux sur le gel clair sur ma main.

— Qu'est-ce que c'est ?

— C'est à toi de me le dire, répondis-je en haussant les épaules. C'est sorti de *ton* corps.

— Ça ne ressemble pas au sperme des hommes dans les vidéos.

— Non. Ça ne sent pas comme le leur non plus. Je suis sûre que les hommes auraient beaucoup plus de fellations si leur truc sentait aussi bon.

J'approchai ma main plus près de mon nez.

Maxx attrapa mon bras et me traîna vers l'évier.

— Lave ça. Vite.

Le sourire avait disparu de son visage, cédant la place à une expression inquiète. Son inquiétude était contagieuse.

— Qu'est-ce qui se passe ? demandai-je alors qu'il mettait ma main sous le robinet et la nettoyait à l'eau.

— Je ne suis pas *né*, Cassy. J'ai été *créé*. Pour un but très spécifique, semble-t-il.

Extermination, mortel...

Certains des mots de son numéro me revinrent à l'esprit.

— Je ne sais pas pourquoi cette fonction particulière a été ajoutée à ma conception sous cette forme, poursuivit-il. Elle est peut-être destinée à autre chose que la procréation. Dans tous les cas, il vaut mieux ne pas la laisser en contact avec ta peau trop longtemps.

Mélangée au gel, l'eau dans l'évier prit un éclat. Je la regardai tournoyer avant de disparaître dans le drain. Tant de choses restaient inexpliquées à propos de Maxx, mais la raison de son existence semblait être claire pour lui : la violence.

Il m'avait protégée des autres toute sa vie. Et maintenant, il essayait de me protéger de lui-même.

CHAPITRE 10

MAXX

— Reste près de moi, dit-il en serrant la main de Cassy.

Elle n'avait pas besoin de ce rappel, elle s'accrochait à lui comme une naufragée à une bouée de sauvetage tandis qu'ils traversaient les couloirs jusqu'à l'ascenseur.

Après leur exploration du matin et en utilisant tout ce que Cassy lui avait dit sur cet endroit, il avait ébauché une carte du vaisseau dans sa tête. À présent, il pouvait raisonnablement localiser l'emplacement des commandes principales, et ils s'y dirigeaient.

Cassy jetait constamment des regards par-dessus son épaule tout en agrippant sa main. Il savait qu'elle était terrifiée. Les apparitions qu'elle avait rencontrées sur ce vaisseau la perturbaient. Il ne savait pas ce que c'était, mais, tant qu'elles ne représentaient pas de menace directe, il les ignorait.

— Pas de fantômes, annonça-t-il joyeusement, essayant de la calmer.

— Pas encore, souffla-t-elle.

Ils prirent l'ascenseur jusqu'à l'étage principal. Cassy prit une longue inspiration avant d'entrer dans la grande salle aux fenêtres gigantesques. Elle jeta brièvement un regard vers l'une d'elles, puis baissa les yeux sur leurs mains jointes.

— Je me sens si petite ici.

Fixer l'espace perturbait quelque chose en lui aussi. Au lieu de cela, il essaya de garder son attention sur le chemin droit devant eux.

Après avoir traversé la pièce, ils marchèrent le long d'un couloir large et court qui les conduisit à une double porte. Celles-ci étaient plus hautes et plus larges que les portes des niveaux inférieurs. Les murs ici étaient d'un gris plus clair et non pas noir comme ceux d'en dessous.

Cassy poussa les portes sans résultat. Elles étaient verrouillées.

— Tu penses que c'est ici ? demanda-t-elle.

— J'en suis certain.

La logique voulait que ce soit la salle de contrôle principale, mais, bien sûr, il n'avait aucun moyen de le savoir avec certitude. Il sentait cependant que Cassy était plus calme quand il agissait avec assurance.

Il posa sa main à plat sur la porte, cherchant l'écran de verrouillage. Celui-ci s'illumina à son contact, occupant presque la moitié de toute la surface de la porte.

— Waouh ! s'exclama Cassy avec un pas en arrière. C'est grand.

Des messages clignotèrent en vert et bleu. Ils virèrent ensuite rapidement vers le rouge, bloquant l'accès. Il se concentra davantage, essayant de franchir le mur qui le maintenait hors du système.

— Merde... Ça ne bouge pas.

— Pas de chance ! commenta Cassy avec compassion.

— Non. C'est bloqué.

— D'accord, dit-elle, et elle ouvrit la pochette à sa ceinture. Laisse-moi essayer à ma façon.

Elle sortit ses clés. Avant qu'il ait eu le temps de se demander comment ses clés pouvaient aider dans cette situation, elle poignarda l'écran avec la pointe sur son porte-clés.

— Papa me l'a donné, tu te souviens ? expliqua-t-elle, tout en continuant à frapper l'écran, le réduisant en morceaux. Il voulait que je l'utilise pour me défendre au cas où je tomberais sur un connard un jour. Mais comme tu as éloigné de moi tous les connards, et tous les hommes en général, de toute façon... ajouta-t-elle en lui jetant un regard par-dessus son épaule, puis elle continua à casser l'écran. Eh bien, ça s'est avéré utile.

Les restes de l'écran pendaient sous la porte dans un fouillis de verre et de fils. Des morceaux de panneaux transparents tombaient tandis que Cassy ramassait le reste.

— Si c'est comme les portes des cabines en dessous, murmura-t-elle, en fouillant dans le reste d'enchevêtrement de verre et de plastique, alors il devrait y avoir un verrou quelque part sur le bord.

Son front se plissa en un froncement de sourcils alors qu'elle continuait à chercher.

— Il y a un problème ? demanda-t-il.

— Ouais... Ils l'ont bloqué ici, répondit-elle, elle retira sa main de la porte et recula. Il n'y a que du métal lisse, comme une barre placée devant les verrous.

— Laisse-moi voir.

Il enfonça sa main à l'intérieur.

La barre courait à l'intérieur de la porte le long du bord. Elle était épaisse et semblait solide. Il l'agrippa avec ses doigts et tira dessus. Elle ne bougea pas.

Cassy toucha doucement son bras.

— Réfléchissons à autre chose.

— Non. Attends.

Il ferma les yeux.

Quelque chose s'agitait en lui. Une présence qui lui avait été largement étrangère auparavant. Dernièrement, elle était remontée à la surface deux fois. Les deux fois s'étaient produites en temps de crise et sans aucun effort conscient de sa part.

Quand Cassy avait été attaquée dans le parc, le mystérieux pouvoir avait jailli des profondeurs de son être. Il l'avait rendu plus fort, plus rapide, et aussi beaucoup plus féroce.

La deuxième fois était arrivée lorsqu'il était enfermé dans l'obscurité et que Cassy l'avait libéré. Cette fois-là, sa peur et son désespoir avaient peut-être déclenché son envie de la poursuivre. Heureusement, il l'avait reconnue et avait pu reprendre le contrôle.

Maintenant, il faisait lui-même appel à ce pouvoir. Celui-ci répondit avec empressement. L'énergie parcourut ses muscles. Ses os mêmes bourdonnaient de force. Sa main se serra en un poing. Le métal dans sa main se comprima comme du carton. Il arracha la barre de la porte, comme si elle était faite de plastique souple et non de métal solide, et la jeta sur le sol.

— Oh… s'exclama Cassy, en se penchant pour ramasser la barre. Waouh !

Silencieuse, elle inspecta le métal tordu et cabossé.

Il passa ses doigts à l'intérieur de la porte, à la recherche du verrou. Il n'y en avait pas un, mais trois. Son corps tremblait de tous les courants qui le parcouraient. Il sentait qu'il pouvait simplement arracher cette porte sans se soucier des serrures. Une partie de lui souhaitait le faire. Casser. Déchirer. Fracasser et écraser. Cette présence obscure suppliait d'être libérée. Elle menaçait de prendre le dessus.

— Maxx, dit Cassy d'une voix qui filtrait comme venue de loin. Elle semblait si petite, si vulnérable, comparée à la force qui faisait rage en lui. Tes yeux sont devenus rouges. Comme avant.

Avec sa main à l'intérieur de la porte, il pressa son front contre la surface fraîche en métal du panneau.

— Est-ce que ça va ? demanda-t-elle doucement, caressant son bras.

Ce contact lui donna envie à la fois de la saisir et de la ravager sur place et de tomber à ses pieds pour implorer son pardon pour cette pulsion.

Il inspira profondément, forçant les ténèbres à reculer. Ce n'est que lorsqu'il se sentit à nouveau lui-même qu'il rencontra son regard préoccupé.

— Je vais bien. Tout va bien, Cassy.

Ses lèvres pleines et jolies formèrent un sourire irrésistible.

— Oh, c'est bien. Tes yeux sont revenus à la normale.

Incapable de résister, il se pencha vers elle et déposa un doux baiser sur sa bouche. Elle poussa un léger soupir. Une nouvelle étincelle apparut dans ses yeux quand il recula.

Elle toucha brièvement ses lèvres

— Tes baisers sont de loin les meilleurs que j'aie jamais eus. Ce qui est bizarre, puisqu'on ne dirait même pas que tu utilises une technique ou autre.

Il haussa les épaules.

— Est-ce qu'un baiser a besoin d'une technique pour être bon ?

— Évidemment que non, répondit-elle en levant son bras, pour lui montrer son avant-bras. Regarde, j'ai la chair de poule juste avec ce petit bisou, que tu m'as donné. Tu me fais frissonner de partout et tout oublier.

Ses mots le réchauffèrent intérieurement. Les ténèbres se dissipèrent complètement, ne laissant qu'un brillant soleil dans sa poitrine.

— Je n'ai pas de technique, dit-il en souriant. Mais si tu veux que je travaille à en développer une, je serais plus qu'heureux de m'entraîner avec toi quand tu le souhaites.

— Bien joué, félicita-t-elle, avec un regard sur le côté, un sourire timide jouant sur ses lèvres délicieuses. Et si tu ouvrais cette porte maintenant, *mon petit Potiron* ?

Elle prononça le dernier mot de façon taquine, pas comme un nom, mais comme un surnom. Il était content d'avoir un nom différent pour sa nouvelle forme. Mais il aimait toujours entendre ce surnom venant d'elle. La familiarité le fit sourire plus largement.

Il toucha les verrous, mais ne réussit pas à bien saisir l'un d'entre eux pour tirer dessus. Alors, il fit de nouveau appel à ce pouvoir en lui. Sentant qu'il le maitrisait mieux maintenant, il envoya une petite décharge de courant du bout de ses doigts. Ceux-ci adhérèrent à l'extrémité des verrous. Quand il tira dessus, les barres lisses bougèrent, et les portes s'ouvrirent.

— Voilà, conclut-il en poussant les deux moitiés.

Des lumières s'allumèrent dans la grande pièce ronde derrière. Après la semi-obscurité constante du reste du vaisseau, les lumières blanches et jaunes étaient aveuglantes.

— Waouh, qu'elles sont vives ! dit Cassy en levant un bras, pour protéger ses yeux de la lumière.

Cependant, *sa* vision à lui s'ajusta instantanément au nouvel éclairage. Il examina immédiatement l'endroit, prenant en compte les multiples panneaux de contrôle qui bordaient les murs arrondis et montaient sur les colonnes entre les fenêtres.

Il s'approcha de celui du milieu et posa sa main dessus. Le panneau s'illumina. Mais tout comme avec la serrure de la porte précédente, il ne pouvait pas accéder aux commandes ou aux informations au-delà des messages lisibles sur l'écran.

— Alors ? Tu peux le faire ? demanda Cassy en se plaçant à ses côtés, fixant aussi l'écran.

Il aurait aimé avoir de bonnes nouvelles pour elle, pouvoir lui dire qu'il la ramènerait bientôt chez elle. Mais il ne pouvait pas lui mentir.

Il secoua la tête.

— C'est protégé. Je ne peux pas accéder au système de navigation. Pas encore, en tout cas.

Il avait encore du temps pour le comprendre. Le système de

survie du vaisseau semblait fonctionner correctement. Les provisions dans le réplicateur de nourriture tiendraient encore un moment. S'il y travaillait…

— Est-ce que ça pourrait t'aider ? dit Cassy en faisant danser son porte-clés à pointe au-dessus du panneau.

Il rit de son soudain amour pour la destruction.

—Tu es une menace.

Elle mit une main sur sa hanche.

— Si c'est utile, je suis capable de tout casser à l'intérieur de ce foutu vaisseau.

— Je ne vous permettrai pas de continuer à causer des dommages à mon vaisseau, informa une voix à l'improviste derrière eux.

Cassy poussa un cri et s'agrippa à son bras. Il fit volte-face vers la voix.

— Le fantôme, haleta Cassy, alors qu'ils faisaient face à la silhouette drapée de blanc.

CHAPITRE 11

Une silhouette élancée vêtue de blanc se tenait au milieu de la pièce. La lumière vive se reflétait sur sa cape d'un blanc immaculé et la faisait scintiller. Sous sa capuche, le visage violet foncé contrastait fortement avec le blanc éclatant de la cape. Le visage et la silhouette avaient des traits fins et délicats qui semblaient féminins.

— Qui êtes-vous ? demanda Maxx en faisant un pas en avant, s'interposant entre Cassy et la nouvelle venue.

— Je m'appelle Anima, répondit la personne d'une voix neutre dépourvue de toute douceur. Je suis responsable de ce vaisseau.

Anima parlait une langue qu'il n'avait jamais entendue avant de venir ici, mais qu'il comprenait sans difficulté ; l'Ivodien. Il reconnut aussi la voix. C'était la même qui lui avait parlé auparavant, lorsqu'il était enfermé dans l'obscurité.

— Qu'est-ce qu'elle a dit ? demanda Cassy dans un demi-murmure, regardant par-dessus son bras. Elle est morte ?

— Je ne suis ni morte ni vivante, répondit la femme sans lui accorder un regard.

Elle comprenait manifestement Cassy, mais parlait en Ivodien.

— Qu'est-ce qu'elle raconte ?

La voix de Cassy montait sous l'effet d'une panique imminente.

Maxx remarqua le léger mouvement du linceul blanc et le miroitement de ses plis. Il perçut le faible bourdonnement d'énergie qui émanait d'Anima et sa connexion avec le vaisseau. C'était un hologramme, réalisa-t-il, pas un fantôme.

— C'est l'IA du vaisseau, Cassy, expliqua-t-il. Une intelligence artificielle qui constitue le système d'exploitation principal de ce vaisseau. C'est ce que vous êtes, n'est-ce pas, Anima ?

Les lèvres violettes s'incurvèrent en un sourire à peine perceptible.

— Exactement, soldat. Je suis le cerveau de ce vaisseau spatial. Et je ne vous laisserai pas l'endommager.

Il leva les deux mains en signe d'apaisement.

— Je ne toucherai à rien ici si vous nous ramenez simplement sur Terre et nous déposez dans le parc où vous nous avez pris.

L'IA secoua la tête, faisant onduler les extrémités de sa grande capuche.

— Retourner sur Terre ne fait plus partie de ma mission.

— Quelle est votre mission ?

— Ramener l'unité manquante à la base sur Rimall.

Était-il l'*unité manquante* ? Mais qu'était Rimall ?

Il fouilla dans sa mémoire extensive et trouva rapidement la réponse. Rimall était l'une des colonies de la planète Ivodi. Il y a plusieurs décennies, elle abritait une base militaire, mais sa taille avait été considérablement réduite depuis. Maintenant, il n'y avait plus qu'un avant-poste frontalier avec un petit centre de recherche, un hôpital et un bureau des forces de l'ordre local.

Les trois lunes de Rimall étaient nettement plus peuplées, l'une abritait une station balnéaire de luxe, et une autre, nommée Us'ae, était le foyer de grandes propriétés domaniales.

— Pourquoi Rimall ? demanda-t-il, véritablement confus.

— C'est la destination finale de ma mission.

Cassy s'accrochait à lui, ses doigts s'enfonçaient dans son bras avec une force désespérée. Mais elle restait silencieuse, les laissant parler.

— Je suis « l'unité » dont vous parlez, n'est-ce pas ? demanda-t-il à l'IA.

— Oui. Le modèle expérimental et le seul existant dans sa catégorie.

— Le seul ?

— Quatre capsules ont été créées, expliqua Anima. Deux ont définitivement arrêté leur développement à cause d'une erreur de conception. Une a été saisie et démantelée par les autorités. Nous avons réussi à protéger la dernière. Elle a été envoyée dans l'espace selon une trajectoire prédéterminée dans l'espoir qu'elle pourrait être récupérée un jour. Malheureusement, nous avons perdu le signal de la balise à proximité de la planète Terre il y a soixante-treize années universelles. Et ce n'est que la semaine dernière que je l'ai à nouveau détecté.

— Dans le parc ! s'exclama-t-il, cela lui apparut clairement. J'ai déclenché quelque chose ce jour-là, n'est-ce pas ?

L'IA baissa la tête en signe d'affirmation.

— La balise principale de la capsule a été endommagée à son arrivée sur la planète Terre. Soit lors de l'entrée dans l'atmosphère, soit lors de l'impact à l'atterrissage. Heureusement, la balise secondaire s'est activée au moment où vous avez accédé à votre programmation centrale.

— En d'autres termes, quand je me suis mis en colère contre l'agresseur de Cassy, marmonna-t-il pour lui-même, se rappelant le désir brûlant d'être plus fort pour combattre la brute qui avait osé menacer sa Cassy. Il avait souhaité anéantir l'homme sur-le-champ, puisant au plus profond des ténèbres qui pulsaient en lui, sa programmation centrale, comme venait de le dire l'IA. Qui vous a envoyée me chercher ? ajouta-t-il.

— Mon programme de mission vient directement du professeur Vrax et de son équipe.

— Le professeur *qui* ?

— L'homme qui vous a créé.

Un frisson d'appréhension parcourut son échine.

— Que va-t-il faire de moi s'il me récupère ?

— Cela dépasse le cadre de ma mission, qui se termine par votre livraison chez lui.

— Je vois, dit-il en jetant un coup d'œil à Cassy, qui continuait à les observer, les yeux écarquillés d'inquiétude. Emmenez-moi à Rimall si vous le devez. Mais ramenez d'abord Cassy sur Terre.

— La femelle ? demanda Anima en tournant son regard vers la femme à ses côtés. Je n'ai pas d'utilité pour elle. C'est une anomalie dans l'exécution de ma mission.

— Alors, ramenez-la où vous l'avez prise.

Une fois Cassy chez elle, saine et sauve, il pourrait faire face à tout ce qui l'attendait. Tôt ou tard, il trouverait un moyen de revenir vers elle.

Une partie de lui souhaitait réellement aller où que le vaisseau l'emmène, si cela signifiait finalement trouver des réponses aux questions qu'il s'était posées toute sa vie. Qu'était-il exactement ? Qui l'avait créé ? Et pourquoi ? Comment pouvait-il prendre le contrôle total de son corps et découvrir chaque capacité cachée qu'il possédait ? Quelle était sa durée de vie ? Et surtout, comment devait-il vivre le reste de sa vie maintenant, sans nuire involontairement à ceux qu'il aimait ?

— Retourner sur Terre ne figure pas dans mon plan de mission, répondit l'IA, inflexible.

— Alors, nous devrons l'y mettre.

Il passa son bras autour des épaules de Cassy.

Elle leva les yeux vers lui avec tellement de confiance dans ses yeux brun foncé qu'il en fut bouleversé. Elle n'avait pas compris un mot de sa conversation avec l'IA. Mais elle semblait prête à le suivre où qu'il aille.

Cassy leva à nouveau sa petite pointe métallique.

— C'est le moment de casser des trucs ?

Cette fille... Petite, mais féroce. Il la serra plus fort contre lui.

Mais casser des choses pouvait bien être leur solution dans cette situation, après tout. S'il pouvait trouver les bons composants à briser, ceux qui logeaient l'IA, alors, il pourrait chercher un accès au système de navigation sans l'interférence de la charmante Anima.

— Vous n'endommagerez pas mon vaisseau, dit Anima dans leur langue, s'adressant clairement à Cassy cette fois.

Cassy lui lança un regard interrogateur, comme si elle attendait qu'il lui indique le prochain endroit à poignarder avec sa pointe.

— Puisque vous refusez de prendre la direction de la Terre, dit-il à l'IA, nous n'aurons pas d'autre choix que de le faire nous-mêmes.

— Alors vous ne me laissez pas le choix non plus.

La légère note menaçante dans la voix égale de l'IA lui envoya un frisson d'alerte à travers tout son être.

Il balaya la pièce du regard, essayant de déterminer d'où viendrait la menace si elle ripostait. Il s'attendait à une étincelle, une explosion, ou une arme apparaissant d'une fente cachée quelque part, quelque chose de tangible.

Rien de tel ne se produisit. Le silence régnait dans la pièce tandis qu'il cherchait une menace cachée.

Finalement, un léger sifflement parvint à ses oreilles.

— Que faites-vous ? exigea-t-il d'Anima.

L'hologramme de la femme Ivodienne croisa les bras.

— Comme je l'ai dit, je n'ai aucune utilité pour la femelle. Il n'est pas prévu dans ma mission de l'amener, morte ou vive. Et maintenant, je choisis de la faire mourir avant notre arrivée sur Rimall.

Elle parlait dans la langue humaine pour que Cassy comprenne.

— Elle veut me tuer ?

La main de Cassy se resserra sur la pointe, signalant qu'elle ne renoncerait pas sans se battre. Seulement, il n'y avait pas de menace visible à combattre.

Le faible sifflement continuait, apportant un changement perceptible dans l'air de la pièce. Respirer devint soudain de plus en plus difficile. Pas seulement pour lui. La poitrine de Cassy se soulevait et s'abaissait aussi rapidement, laborieuse à chaque respiration.

— Que se passe-t-il ?

Elle regarda autour d'elle frénétiquement.

Il fixa l'IA d'un regard furieux.

— Vous ne pouvez pas modifier l'air. Si vous le faites, vous me tuerez aussi. J'ai besoin d'oxygène pour respirer, tout comme les humains. Si je meurs, votre mission échouera.

Parler devenait aussi plus difficile. Cassy chancela, s'appuyant contre la console derrière elle. Il l'attira contre lui pour la soutenir.

Anima inclina la tête.

— Vous n'êtes pas si facile à tuer, soldat. Vos fonctions biologiques peuvent ralentir pour le reste de notre voyage. Mais vous survivrez. Votre état à notre arrivée sera satisfaisant pour la réussite de ma mission.

Cassy s'affaissa sur le côté. Sa tête dodelina.

— Je vous emmerde, vous et votre mission, siffla-t-il entre ses dents.

Il souleva Cassy dans ses bras pour l'empêcher de s'effondrer sur le sol.

— Je ne vous permettrai pas de saboter ma mission, répliqua

calmement l'IA. Si vous résistez, j'accéderai à nouveau directement à votre système et...

Il n'avait ni le temps ni l'envie d'écouter cela.

— Il faudra me câbler directement pour ça. Bonne chance. Je ne vous laisserai jamais m'approcher avec ces fils à nouveau.

Avec Cassy dans les bras, il traversa l'hologramme d'un pas décidé en se dirigeant vers la sortie.

RIEN DANS SA vie n'avait de sens si Cassy ne survivait pas à cette épreuve. Sprintant dans le couloir du niveau inférieur, il élaborait les étapes d'un plan pour maintenir Cassy en vie.

Avec l'oxygène qui était rapidement aspiré hors du vaisseau, il devait trouver un moyen de le reconstituer. La solution était de fabriquer de l'oxygène pour elle. L'expérience que Cassy avait réalisée un jour chez elle avec son père lui vint à l'esprit. Elle l'avait ensuite présentée lors d'une foire scientifique à son école et avait remporté la première place.

En utilisant une pile, un verre d'eau et deux crayons, elle avait divisé l'eau en oxygène et hydrogène, avec un soupçon de gaz chloré comme sous-produit. L'expérience l'avait suffisamment intéressé à l'époque pour faire pas mal de recherches sur la façon dont l'oxygène avait été produit pour les voyages spatiaux par les humains avant que les Voraniens, les extraterrestres de la planète Néron, ne partagent leur technologie bien plus efficace avec la Terre.

Il se précipita dans leur cabine et ferma la porte d'un coup de pied, puis ouvrit le lit superposé. Plaçant délicatement Cassy sur la couchette inférieure, il l'embrassa sur le front. Ses yeux restaient grands ouverts, elle luttait pour dire quelque chose. Il prit son visage entre ses mains.

— Ne parle pas. Nous n'avons pas d'air pour ça.

Elle acquiesça, sa poitrine se soulevait dans sa lutte pour respirer.

Il décida d'utiliser juste un peu plus du précieux oxygène pour la rassurer.

— Tout ira bien. Je te le promets.

Elle acquiesça de nouveau. Une confiance inconditionnelle brillait dans ses yeux. Elle lui faisait confiance pour la maintenir en vie.

Se déplaçant rapidement, il trouva un bocal assez grand dans un compartiment au-dessus de l'évier. Ouvrant le réplicateur alimentaire, il tira deux longs tubes du mécanisme de distribution. Il réparerait ça plus tard. Pour l'instant, Cassy avait bien plus besoin d'air que de nourriture.

Après avoir rempli le bocal d'eau chaude du robinet, il ajouta un peu de sel, puis fabriqua un couvercle à partir d'un morceau de plastique arraché d'un placard. Il utilisa un tube pour filtrer l'hydrogène et le chlore hors du bocal et le dirigea vers le couloir à l'extérieur de leur cabine. Il le passa à travers le trou de la serrure dans la porte et boucha le trou avec un morceau de la couverture du lit pour empêcher les gaz nocifs de s'infiltrer dans leur chambre. Il plaça délicatement l'extrémité du tube d'oxygène dans une des narines de Cassy.

— Tiens-le, chuchota-t-il.

Ses doigts tremblaient alors qu'elle saisissait le tube.

Il n'avait ni graphite ni piles sous la main, mais il avait son corps. Il était rempli de tout un éventail de métaux et de minéraux différents. C'était tout comme une batterie. Son corps était une machine capable de nombreuses merveilles qu'il avait découvertes, tant qu'il laissait sa « programmation centrale » prendre le contrôle.

Il inséra ses deux bras dans les trous du couvercle et plongea ses mains dans l'eau. Puis il ferma les yeux et laissa les ténèbres monter.

Quelque part au fond de son esprit, une source de connaissances et de compétences demeurait intacte. Personne ne lui avait appris à l'utiliser, mais c'était néanmoins une partie de lui. S'il laissait simplement sa partie consciente se retirer, le reste avait une chance d'agir.

Un courant parcourut ses membres. Les bons matériaux de son corps furent utilisés. L'eau bouillonna autour de ses doigts, se séparant en gaz. Il ferma le poing sur les tubes correspondants, envoyant l'oxygène salvateur vers Cassy.

Elle aspira l'air avidement. Quand leurs regards se croisèrent, ses lèvres bougèrent, formant les mots : « *Merci.* »

Il acquiesça, mais son esprit ne cessait de travailler. C'était comme combattre la soif avec des gouttes d'eau. Elle avait besoin de plus d'oxygène, plus rapidement. Son cerveau élaborait déjà un plan pour améliorer son dispositif de fortune, le rendre plus efficace.

Le plan, cependant, ne tenait pas compte de son propre besoin en air respirable ou de la possibilité que l'IA impitoyable du vaisseau coupe l'eau tout comme elle avait coupé l'approvisionnement en oxygène.

Combien de temps ses propres « parties biologiques » fonctionneraient-elles sans air ? Combien de temps avant que lui aussi ne s'effondre ? À bout de souffle.

CHAPITRE 12

CASSY

J'ai gagné la première place à une foire scientifique, une fois. Bien sûr, ça m'a aidé que les autres projets consistent principalement en des volcans au vinaigre et au bicarbonate de soude. Mais j'étais ridiculement heureuse de ma victoire. Mon père était très fier, lui aussi.

L'idée de mon projet m'était venue après une longue conversation avec Papa. Tout avait commencé quand je lui avais demandé comment les gens respiraient dans son avion. Il m'avait parlé du traitement de l'air. Puis, la conversation avait dérivé vers les astronautes dans un vaisseau spatial. Et il m'avait tout expliqué sur l'extraction d'oxygène à partir d'eau. Il m'avait dit qu'on pourrait essayer à la maison, et bien sûr j'avais immédiatement voulu le faire.

Nous avions pratiqué l'expérience dans notre cuisine, avec Potiron, qui somnolait dans le fauteuil à côté. Ce serait à jamais l'un de mes souvenirs les plus précieux ; passer du temps avec mon père pendant l'un de ses rares jours de congé.

Gagner la foire scientifique était la cerise sur le gâteau de cette *expérience extraordinaire. J'avais tellement souri en recevant le ruban que ma bouche m'avait fait mal toute la nuit. Le directeur de mon école m'avait serré la main pendant que quelqu'un prenait une photo.*

J'étais si heureuse. Le monde semblait rose et jaune avec des bulles violettes qui flottaient autour. Je jetai un coup d'œil à la table où se trouvait mon expérience. Un homme se tenait à côté. Ses oreilles pointues paraissaient si adorables que je gloussai.

Au lieu des crayons graphite, l'homme avait les mains plongées dans un bocal d'eau. Le bocal était beaucoup plus grand que ce dont je me souvenais. La peau de ses mains et poignets était d'un noir d'encre. Et je ne savais pas si c'était à cause de mon expérience ou s'il était né comme ça.

Quoi qu'il en soit, c'était le plus bel homme que j'avais jamais vu. Le simple fait de regarder dans ses yeux bleu-vert me donnait envie de sourire encore plus. Mon cœur s'envolait.

Tout mon corps semblait flotter aussi.

Haut... je montais comme une bulle violette... Dans le ciel rose et jaune...

— CASSY, appela une voix de femme.

Personne ne m'appelait plus Cassy, sauf une seule personne. Mais ce n'était pas sa voix.

— Cassy, peux-tu ouvrir les yeux, s'il te plaît ?

Le pouvais-je ? J'essayai. Mes paupières semblaient si lourdes que j'abandonnai presque immédiatement. Mais elles s'entrouvrirent après un moment, laissant entrer une douce lumière jaune.

— Qui êtes-vous ? demandai-je en tentant de me concentrer sur la tache blanche et violette devant moi.

— Je m'appelle docteur Luvai, dit la femme.

Elle avait l'air gentille, mais ne m'était pas familière.

— Un médecin ? Suis-je malade ?

— Oui. Tu as été très malade, Cassy. Mais tu vas mieux. Ton état s'est stabilisé.

— Qu'est-ce que j'avais ? La grippe ? C'était la seule maladie qui m'étais venue à l'esprit. Ma tête restait brumeuse.

— Euh… non, répondit le docteur. Ce n'était pas une infection virale. Tu as souffert de déshydratation, d'hypoxie, d'épuisement, d'hypothermie…

— Hypothermie ? Mais je n'ai pas froid.

Aucun des autres mots qu'elle avait prononcés n'avait de sens pour moi. Peut-être parce que mon cerveau se réveillait encore pendant qu'elle parlait. Au dernier mot, il était suffisamment réveillé pour le comprendre.

La silhouette floue de la femme au-dessus de moi hocha la tête.

— Plus maintenant. Nous avons dû te mettre dans une capsule de récupération jusqu'à ce que tes signes vitaux se soient stabilisés.

Je refermai les yeux.

— Je veux ma mère. Est-elle ici ?

Maman avait toujours été là pour moi quand j'étais malade. Et j'avais vraiment besoin de quelqu'un là.

— Non, dit la femme qui semblait compatissante. Mais nous avons confirmé ton identité avec la Terre, en utilisant ton matériel biologique, Cassy, puis sa voix s'éleva. Tes parents ont été informés de ta localisation et de ton état.

Ma localisation…

Je me souvins du parc, de la soucoupe volante et du vaisseau hanté. Je n'étais plus sur Terre. Mais *où* je me trouvais exactement restait une question en suspend.

Je rouvris les yeux, parvenant enfin à me concentrer sur son visage. Il était d'un violet vif. Un signal d'alarme me traversa. Je me recroquevillai loin d'elle jusqu'au bord du lit étrange dans lequel j'étais allongée.

— Il n'y a aucune raison de t'inquiéter, dit-elle d'une voix apaisante, tendant une main vers moi en un geste calme. Tu es en sécurité.

— En sécurité ?

Je plissai les yeux vers elle tandis que ma vision s'éclaircissait enfin.

La femme portait une combinaison blanche au lieu de la cape, mais son image avait la même qualité éthérée. Elle scintillait et tremblait, comme un fantôme.

Je voulus écarter sa main tendue, mais mes doigts la traversèrent. Elle ressemblait à un fantôme, mais Maxx m'avait dit c'était un hologramme.

— Vous êtes l'IA.

— Non, elle secoua la tête. Je suis une vraie personne. Seulement, je travaille à distance pour des raisons de santé. Tu es à l'hôpital sur Rimall…

— Arrêtez avec vos mensonges, la coupai-je. Vous avez essayé de nous tuer, Maxx et moi. Où est Maxx ? Que lui avez-vous fait ?

Ses yeux bleus s'écarquillèrent.

— Qui est Maxx ? Et qui a essayé de te tuer ?

Je me redressai sur le lit étroit qui ressemblait plus à la partie rembourrée inférieure d'un cercueil avec des bords relevés. Je portais une longue chemise et un pantalon ample. Tous deux blancs, comme la combinaison de la femme et les murs de la pièce où nous étions. Les seules couleurs venaient de la fenêtre qui s'ouvrait sur un mur de vignes vertes et violettes avec des fleurs multicolores.

Je saisis le bord de mon lit, essayant de trouver le meilleur moyen d'en sortir.

— Attention.

La femme continuait à tendre sa main, comme si elle pouvait m'arrêter avec ses membres holographiques.

Un faisceau de filaments transparents pendait de mon bras

et de ma poitrine. Leurs autres extrémités étaient connectées à un mur d'écrans derrière moi.

La femme jeta un regard inquiet vers les écrans.

— Pour ta sécurité, reste dans la capsule. Tu as été exposée à la fois au manque d'oxygène et à sa surabondance. Les deux ont eu un impact sur ton corps.

Je croisai les bras sur ma poitrine.

— Je ne ferai rien tant que je ne verrai pas Maxx tout de suite. Que lui avez-vous fait ?

Un panneau dans le mur en face de mon lit-capsule s'ouvrit, et un homme entra. Il était grand et portait une combinaison blanche similaire à celle de la femme-hologramme. Son visage et ses mains étaient également violets, mais d'une teinte légèrement moins saturée que la sienne.

— Docteur Luvai, veuillez excuser cette interruption, dit-il poliment, mais je pense que la patiente pourrait trouver une interaction en personne plus préférable en ce moment.

Tout comme la femme, il n'avait pas de cheveux sur la tête. Sept longues queues minces et glabres ondulaient derrière chacun d'entre eux. Une rangée de piercings en forme de demi-cercles remontait le long de l'arête du nez de l'homme jusqu'au milieu de son front.

À en juger par leur peau violette et leurs nombreuses queues, cet homme et cette femme étaient des Ivodiens.

— Vous n'êtes pas un hologramme ? demandai-je en la dévisageant.

Il contourna l'image du docteur, au lieu de la traverser, par respect, supposai-je.

— Non. Je ne suis pas un hologramme, il me tendit sa main. Je suis le professeur Xez, de l'Installation de Recherche Arlex sur Ivodi. Je suis arrivé sur Rimall pendant que tu récupérais.

Il semblait certainement plus solide que la doctoresse mince et petite. Une petite bedaine dépassait de la ceinture de sa combinaison.

Sa poignée de main était ferme.

— Ai-je bien fait la salutation terrienne ? demanda-t-il, semblant plutôt satisfait de lui-même. La poignée de main semble être la salutation la plus courante selon mes recherches.

— Oui, je pense.

Je ne pouvais pas m'empêcher de le fixer du regard. C'était la première fois que je rencontrais un extraterrestre en chair et en os. En dehors de Maxx, bien sûr. Mais Maxx ne comptait pas vraiment puisque c'était Potiron. Il venait peut-être d'une autre planète, mais nous avions grandi ensemble. C'était mon ami le plus proche.

L'idée d'être sans lui à mes côtés me serra douloureusement la poitrine. Sous une forme ou une autre, Maxx avait été avec moi la majeure partie de ma vie. Depuis que je l'avais ramené dans notre appartement, rares étaient les nuits que nous ne passions pas ensemble. Il me manquait, et cela faisait plus mal que le manque d'oxygène.

— Voulez-vous me dire où est Maxx ? demandai-je au professeur.

— Je suppose que vous parlez de l'unité M.A.X.X. que nous avons trouvée sur le vaisseau spatial avec vous ?

Les lettres du nom de Maxx étaient prononcées comme des mots quand il les disait. C'est seulement maintenant que je réalisai que ni le docteur ni le professeur ne me parlaient dans ma langue. À en juger par le son, ils parlaient tous les deux la même langue que l'IA du vaisseau hanté ; l'ivodien. La langue que je ne connaissais pas, mais le sens de leurs mots était transmis à mon cerveau sans problème.

— Est-ce que j'ai… je touchai derrière mes deux oreilles, cherchant des bosses et des cicatrices. Un endroit sur le côté gauche de mon crâne était un peu douloureux. M'avez-vous implanté un traducteur dans la tête ? Sans mon consentement ?

— C'était vraiment pour ton bien… commença le docteur Luvai, mais elle s'arrêta, confrontée à mon regard noir.

Le professeur ne semblait pas comprendre, car il continuait à parler.

— La chirurgie d'implantation est pratiquement sans risque. Dans toute la galaxie, les traducteurs sont implantés dès la naissance. La Terre est la seule planète en retard sur ce point.

— Ce n'est pas la question, protestai-je. Vous avez pratiqué une chirurgie sur moi sans mon consentement.

— Cassy, ne veux-tu pas avoir l'avantage de nous comprendre ? dit-il, puis il déplaça une chaise du mur vers mon lit-capsule et s'assis. Le docteur Luvai et son équipe ont effectué plusieurs interventions sur toi sans avoir la possibilité de demander ton avis. S'ils ne t'avaient pas opérée, tu serais morte.

Je me tournai vers le docteur Luvai, déchirée entre colère et gratitude envers elle et son équipe. Ils avaient dû m'injecter tout un tas de médicaments extraterrestres bizarres. Mon humeur semblait osciller sur un pendule sauvage de l'enfer. Mon esprit avait du mal à suivre.

— Eh bien… elle joignit les mains devant elle. Je pense que je devrais vous donner un peu d'intimité pour… euh, laisser le professeur Xez expliquer les choses… Ou pour répondre à toutes les questions que tu pourrais avoir.

— Merci, docteur.

Le professeur hocha la tête, et l'hologramme se dissipa instantanément dans l'air.

Je me frottai le front, essayant de rassembler mes pensées. Malheureusement, le professeur ne voulait pas se taire.

— Historiquement, les femmes ivodiennes sont physiquement beaucoup plus faibles que nos hommes, bavarda-t-il. Nos femelles sont chéries et protégées. Mais elles souffrent d'une mauvaise santé toute leur vie et travaillent souvent de chez elles, à distance, comme le docteur Luvai. Bien que cela puisse changer dans un futur proche. Nous avons recherché des moyens d'améliorer leur bien-être, et il y a eu une percée significative dans ce domaine récemment.

— Je suis contente de l'entendre, dis-je distraitement. Cela semblait être une bonne nouvelle pour Ivodi, mais mon attention était dispersée pour l'instant. Suis-je vraiment sur une autre planète ?

— Oui. Ce n'est pas la Terre, je t'assure. Rimall a été colonisée par Ivodi depuis des siècles. Ce n'est pas la meilleure planète à habiter en raison de sa faune hostile. Nous n'avons pas pu améliorer les conditions ici sans risquer de détruire tout son écosystème, qui est trop unique pour être détruit. Mais les trois lunes de Rimall sont charmantes. Elles font de cette zone l'une des destinations de vacances les plus populaires. Les complexes touristiques sont excellents. Et Us'ae possède les propriétés les plus luxueuses de la galaxie.

J'arrêtai le professeur bavard en levant une main.

— C'est fascinant, professeur. Mais pourquoi suis-je ici ?

— Tu es arrivée à bord d'un vaisseau spatial porté disparu depuis plus de soixante-dix ans. On le pensait perdu dans l'espace peu avant que la base militaire à cet endroit précis ne soit démantelée. Il abritait autrefois une installation de recherche militaire. Le travail des scientifiques ici nous a apporté de nombreuses avancées technologiques qui ont grandement amélioré nos voyages spatiaux. Sais-tu que les Ivodiens sont historiquement une race de conquérants et d'explorateurs ?

— Non. Je ne le savais pas.

Le professeur prit clairement ma réponse comme une invitation à poursuivre. Il se redressa et se lança dans un exposé.

— Ivodi possède le plus grand nombre de colonies dans la galaxie. Notre propre planète n'a qu'une petite portion de terres habitables et est surpeuplée. Depuis la découverte du voyage spatial, nous nous sommes concentrés sur l'amélioration à la fois de notre technologie dans ce domaine et des compétences de nos guerriers.

— Des guerriers ? Y a-t-il des guerres en cours par ici ?

— Pas actuellement. Officiellement, Ivodi n'est en guerre

avec aucun regroupement d'êtres sensibles en ce moment. Une grande majorité de nos colonies sont dépourvues de vie. Mais la colonisation et l'exploration sont souvent aussi exigeantes que les guerres en matière de technologie et de main-d'œuvre...

Je lui coupai à nouveau la parole en levant une main.

— Je suis désolée. Tout cela est vraiment intéressant. Mais je ne vois pas en quoi tout cela a un rapport avec Maxx et moi.

— Oh, mais c'est le cas, assura-t-il. L'unité que vous appelez Maxx a été créée ici même, dans cette installation, à l'époque où cette station était sous la juridiction de l'armée.

— Maxx a été fabriqué ici ?

— Oui. Des parties de la technologie qui sont à la base de sa conception sont encore utilisées dans tous nos vaisseaux spatiaux et certaines de nos armes. Sauf que ses créateurs ont décidé d'aller plus loin. En combinant les caractéristiques biologiques de plusieurs espèces sensibles et le matériel génétique d'animaux sélectionnés et en incluant la dernière technologie de l'époque, ils ont créé ce qu'ils espéraient devenir une super-espèce.

— Pourquoi ? Qu'est-ce qu'ils voulaient qu'il fasse ?

L'homme haussa les épaules.

— Se battre, plus efficacement que plusieurs hommes. Explorer, en allant là où aucun être vivant ne le pourrait. Apparemment, il y avait aussi quelques plans moins connus pour vendre ou louer les unités comme mercenaires pour les gouvernements interplanétaires en guerre.

— Ils voulaient qu'il soit un super soldat ?

Le professeur hocha la tête.

— Entre autres. Cependant, lorsque notre gouvernement a reconnu les conséquences potentiellement désastreuses des expériences sur les cyborgs, la production de ces unités a été interdite et on a ordonné de l'arrêter.

— Seulement, ils ne se sont pas arrêtés, n'est-ce pas ?

— La plupart l'ont fait. Mais quelques-uns du groupe ont

choisi d'ignorer les ordres, y compris le chef de la recherche, le professeur Vrax. Ils ont créé quatre prototypes, mais ont prétendu qu'il n'y en avait que trois. Deux ont échoué tôt. Un a été remis aux autorités et démonté. Mais le quatrième a été envoyé hors de la planète pour être caché. Le groupe avait l'intention de récupérer l'unité une fois la situation plus calme. Cependant, ils n'ont pas réussi à le retrouver. Jusqu'à maintenant, semble-t-il.

— Donc, ils ont envoyé ce vaisseau spatial hanté après Maxx ?

— Pourquoi hanté ?

Il cligna des yeux vers moi, confus.

— Peu importe, je fis un geste de la main. Il n'y avait pas d'équipage, seulement l'IA qui le faisait fonctionner. Un peu comme un Hollandais Volant dans l'espace.

— Je suis désolé, ta référence s'est perdue dans la traduction cette fois.

Il toucha derrière son oreille, où devait se trouver son implant-traducteur.

Peu importe. Il n'y avait pas d'équipage.

Le professeur se redressa.

— Oh, il ne pouvait pas y avoir d'équipage, bien sûr. Les gens qui l'ont fait fonctionner, ainsi que ceux qui l'ont envoyé, sont morts depuis longtemps.

— Ils sont morts ? Mais pourquoi ?

— De vieillesse. C'était il y a si longtemps, et ils n'étaient déjà plus très jeunes quand tout cela s'est produit. Mais le vaisseau a continué à naviguer dans l'espace avec une mission dans sa programmation : récupérer l'unité M. A. X. X. manquante et la ramener à la base, même si la base n'existait plus. Alors, il t'a amenée ici. Et juste à temps, semble-t-il. Nous vous avons trouvés inconsciente dans l'une des cabines des passagers. L'unité manquante était avec toi, également dans un état désespéré. Il y avait un grave manque d'air sur le vaisseau et pas d'eau courante. Nous ne savons toujours pas ce qu'il essayait de faire avec toi. Est-ce lui qui t'a blessée ? Ou essayait-il de te réanimer ?

Je portai une main à ma gorge, me rappelant comment je luttais pour chaque respiration tandis que Maxx me portait à travers les couloirs du vaisseau spatial. Je me souvins qu'il faisait quelque chose avec l'évier. J'avais eu un rêve ou une hallucination de mon projet de la foire scientifique. Il avait recréé l'expérience. Il avait fabriqué de l'oxygène pour que je puisse respirer.

— Il m'a maintenue en vie, dis-je.

— Incroyable.

Le professeur me fixait, mais j'avais l'impression qu'il ne me voyait pas vraiment, stupéfait par ce que je venais de dire.

— S'il vous plaît, dites-moi où est Maxx, suppliai-je. Est-ce qu'il va bien ?

Son attention s'aiguisa, il revint vers moi.

— Tu souhaites connaître l'état de l'unité ?

— Je souhaite savoir si mon ami va bien. A-t-il été nourri, pris en charge ? Est-il heureux ?

— Ton *ami* ? *Heureux* ? Mais c'est une machine.

Je serrai les poings, faisant appel à ma patience.

— Maxx est une personne. J'ai besoin de le voir, déclarai-je en saisissant le bord de ma capsule-berceau. Pouvez-vous m'aider à sortir de ce truc, ou dois-je le découvrir moi-même ?

— Le docteur Luvai n'a pas encore autorisé ton départ de la capsule.

— C'est bien dommage. Mais si vous ne me laissez pas voir Maxx, je devrai aller le chercher moi-même.

Je soulevai une jambe par-dessus le bord rembourré de la capsule. Dans mon geste, je tirai sans doute sur les fils qui sortaient de moi, car l'un des écrans clignota et quelque chose bipa.

Le professeur bondit sur ses pieds, l'air alarmé.

— S'il te plaît, je t'en supplie, reste où tu es.

Je gardai ma jambe en l'air comme un chien près d'une borne-fontaine, faisant comprendre clairement que mon maintien en place était mon point de négociation.

— Où est Maxx ?

Le professeur se pinça l'arête du nez puis passa ses doigts de haut en bas sur la rangée verticale de piercings argentés au milieu de son front.

— Il est détenu dans un endroit sécurisé, dit-il finalement.

— Quoi ? m'exclamai-je en retombant sur mes fesses. Vous l'avez arrêté ? Mais pourquoi ? Il n'a rien fait de mal.

— Eh bien, tu vois, sa simple existence est un crime. Il n'aurait jamais dû être fabriqué.

— Mais c'est arrivé. Il est ici maintenant. Il existe. Et c'est une personne vivante et qui respire.

— *Qui respire*, oui. Mais il n'est pas considéré comme un être vivant. Il n'est pas non plus une personne…

Le hurlement d'une sirène déchira l'air. Je sursautai, remontai mes jambes, me faisant instinctivement plus petite.

— Que se passe-t-il ?

Le professeur se tourna vers la fenêtre puis vers la porte.

— Une brèche dans le mur ?

Il semblait incertain.

— *Attention. Attention,* retentit une voix mécanique dans les haut-parleurs quelque part. *Un élément dangereux s'est échappé de son confinement. Le niveau principal est en confinement, à partir de maintenant. Restez à l'écart de la zone de l'atrium. L'unité de sécurité a été envoyée.*

— Que se passe-t-il ? répétai-je.

— *Un élément dangereux…* marmonna le professeur à voix basse. Je parie que je sais de qui il s'agit.

— Maxx ?

— *Attention. Attention…* continuait la voix.

Puis, un long rugissement assourdissant roula à travers le bâtiment. Il était à glacer le sang, terrifiant. Seulement, il ne réussit pas à m'effrayer. Au lieu de me recroqueviller, je jetai ma jambe par-dessus le bord de la maudite capsule-berceau et j'en sortis. Les fils sautèrent de ma peau un par un, en faisant hurler et clignoter les écrans.

— Cassy ? Où vas-tu ? cria le professeur Xez.

Debout au milieu de la pièce, il semblait déchiré entre s'occuper des écrans et courir vers la porte et m'arrêter.

Je m'arrêtai, et lui lançai un regard soupçonneux.

— Comment connaissez-vous mon nom, professeur ? Est-ce que Maxx vous l'a dit ? Même s'ils avaient confirmé mon identité avec la Terre, ils auraient eu le nom de Cassidy. Cassy ne pouvait venir que de Maxx.

Il secoua la tête.

— Je n'ai pas encore eu l'occasion de lui parler.

— Avez-vous fouillé dans ses souvenirs, alors ?

— Nous devions évaluer le danger qu'il représente.

— Donc, vous avez fouiné dans sa tête, au lieu de simplement lui parler ? Ils n'avaient pas pris le temps d'apprendre à le connaître, au lieu de cela, ils l'avaient immédiatement traité comme une machine. Et maintenant, ils remettaient en question son droit d'exister.

— Cassy, attends…

Je levai un doigt, pointé vers sa poitrine.

— C'est *Cassidy* pour vous.

Je fis glisser la porte et me précipitai dans le couloir.

CHAPITRE 13

Je courrai à travers le spacieux couloir blanc.

«*Atrium. Étage principal*», avait indiqué l'annonce.

À quel étage étais-je ?

— Cass... Cassidy ! cria le professeur derrière moi. Le bruit de ses pas lourds résonnait à courte distance.

Je tournai à droite, puis à gauche. Il y avait des panneaux indicateurs à chaque angle. Mais aussi efficace que fût l'implant traducteur pour l'oral, il ne m'était d'aucune aide pour déchiffrer l'écrit.

Un autre rugissement résonna à travers les couloirs, et je suivis le bruit.

— Maxx ! hurlai-je. Où es-tu ?

Il rugit à nouveau. Il semblait si proche.

Je tournai encore et arrivai à un long balcon avec une rambarde en verre. Il encerclait un espace ouvert qui s'étendait sur plusieurs étages en contrebas. Un jardin intérieur occupait le niveau le plus bas. Des arbres fins, semblables à des plumes, poussaient dans des jardinières décoratives. Un ruisseau de couleur laiteuse serpentait entre les rochers disposés le long d'un sentier, aboutissant à une fontaine au centre de la pièce.

Ma bête aux yeux rouges se tenait à quatre pattes près du ruisseau, ses trois queues fouettaient sauvagement contre ses pattes arrière. Maxx avait pris sa forme la plus terrifiante.

Personne n'était près de lui. Il était tout seul. Renversant sa tête en arrière, ses longs crocs découverts, il lâcha un autre rugissement assourdissant.

— Je suis là, Maxx ! dis-je en me penchant par-dessus la rambarde.

Ses yeux rouges croisèrent les miens au moment où un groupe armé d'Ivodiens se précipitait dans le jardin de l'atrium. Ils formèrent un cercle autour de lui, pointant leurs armes sur lui.

Mon inquiétude s'amplifia vers la panique.

— Maxx !

Il s'accroupit sur ses pattes arrière et... sauta. Comme un ressort libéré, son corps s'étira dans les airs. Ses queues se déployèrent derrière lui. Il s'éleva, franchissant la distance de tous les étages entre nous. Je reculai de la balustrade, et il atterrit sur moi, me faisant tomber au sol.

Son poids me quitta rapidement, mais ses pattes avant maintenaient mes épaules contre le sol caoutchouteux du balcon. Ses crocs découverts brillaient dans la lumière vive. Il respirait lourdement, ses yeux rouges étaient hagards.

Je refusais d'être intimidée par lui, quelle que soit l'apparence qu'il avait prise.

— C'est moi, Maxx. Tu le sais bien. On a déjà vécu ça. Tu ne me fais pas peur, *mon petit Potiron*. Je te connais bien trop pour avoir peur de toi, même si tu me fixes avec ces yeux rouges.

Je tendis la main vers sa face et grattai sa joue.

— Tu aimes toujours les caresses sur le ventre ? dis-je en souriant.

Il se pencha contre ma main.

— Bien sûr que oui, murmurai-je en lissant l'épaisse crinière autour de son cou.

Ses lèvres tremblèrent et se détendirent, cachant ses dents. Avec un léger claquement, sa mâchoire rétrécit, et sa transformation ne s'arrêta pas là. Sa face allongée se transforma en visage d'homme sous mes yeux. Ses griffes se rétractèrent et ses pattes se changèrent en mains. La fourrure disparut dans sa peau sur la majeure partie de son corps, seul son luxuriant col blanc subsista, ainsi que la touffe ébouriffée de cheveux roux sur sa tête d'où dépassaient deux oreilles pointues.

Il était à califourchon sur moi, les mains sur mes épaules, alors que j'étais allongée sur le dos.

— Oh, tu m'as manqué, Maxx, lançai-je en prenant son visage dans mes mains, plongeant mon regard dans ses yeux bleu-vert.

— Cassy, murmura-t-il, en se penchant pour m'embrasser.

— Cassidy ! La voix du professeur retentit depuis l'entrée du couloir.

Les lèvres de Maxx avaient à peine effleuré les miennes quand il se redressa brusquement. Des pas précipités résonnèrent dans le couloir derrière le professeur.

— Ne bougez pas !

Le plus grand Ivodien que je n'avais jamais vu fit irruption sur le balcon et poussa le professeur sur le côté. Il était suivi par les hommes armés venus de l'atrium.

— Commandant… commença le professeur, mais il fut rapidement submergé par le flot d'hommes de haute taille en uniformes blancs qui envahissaient le balcon.

Maxx se raidit. Un grondement sourd vibra au fond de sa poitrine. Une lueur rouge s'alluma à nouveau dans ses yeux. Il descendit le long de mes cuisses, et se mit sur ses genoux. Je me redressai.

Les hommes levèrent leurs armes.

— S'il vous plaît… suppliai-je.

Un laser fut tiré avec un sifflement. Le corps de Maxx tressaillit.

— Non ! Je pris son visage entre mes mains.

Un désir profond brûlait dans ses yeux. Et du regret. Il toucha ma joue, essuyant une larme que j'ignorai avoir versée.

— Maintenant, c'est *moi* qui te fais pleurer, Cassy, dit-il doucement. De tous les hommes du monde, je me suis avéré être le pire pour toi.

— Maxx, non… Je l'enlaçai. Ne dis pas ça.

Le bruit sifflant d'un autre tir retentit, suivi du bruit sourd d'une fléchette s'enfonçant dans son dos. Quelqu'un lança une corde. Elle s'enroula autour de son cou comme un nœud coulant.

— Enlevez-lui ça ! hurlai-je, tremblante de rage et de terreur.

Les hommes s'abattirent sur lui, l'arrachant loin de moi. Me laissant seule sur le sol.

— Maxx ! criai-je en me précipitant à leur suite.

Mais la vague d'hommes armés en uniforme avait déjà refluée, emportant mon Maxx avec eux.

— CASSIDY. La voix du professeur m'irritait profondément, j'aurais préféré qu'il ne connaisse pas mon prénom, il l'utilisait tellement que l'entendre me rendait malade. S'il vous plaît, buvez ceci. Il me poussa dans les mains un verre rempli d'un liquide blanc laiteux.

Il m'avait promis que Maxx ne serait pas immédiatement *désactivé*, qu'il était en sécurité pour le moment. C'était la seule raison pour laquelle j'étais assise ici, dans une petite salle de réunion au niveau inférieur, avec le professeur Xez. La seule raison pour laquelle j'étais capable d'écouter ce que cet homme disait.

— C'est pour votre bien, répéta-t-il.

Je fixai le verre sans faire le moindre geste pour boire le liquide qu'il contenait.

— J'aimerais que les gens arrêtent de faire des choses « pour mon bien » ou « pour ma sécurité » et commencent simplement à être honnêtes avec moi.

Il poussa un soupir.

— S'il vous plaît, buvez, insista-t-il. Votre corps a encore besoin d'aide. Vous devez prendre des nutriments et des compléments après ce que vous avez traversé.

— Je n'ai pas traversé tout ça seule. Je serais morte sans Maxx.

— Je sais…

— Il était avec moi à chaque étape du chemin. Il a souffert autant que moi. Vous l'avez trouvé évanoui, tout comme moi. Il a besoin de soins et de « nutriments » aussi. Pourquoi lui tirez-vous dessus au lieu de lui donner des compléments ?

Il posa une main sur mon épaule, que je repoussai d'un mouvement brusque.

— Je ne suis pas votre ennemi, Cassidy. La seule raison pour laquelle Maxx existe encore est grâce à *mon* intervention. Je levai les yeux vers lui, et il continua : j'ai soumis le rapport avec ma première évaluation, ne le jugeant pas immédiatement dangereux. J'ai demandé de reporter l'ordre de désactivation.

— Pourquoi ?

Il s'assit sur une chaise en face de moi.

— Je connais bien la technologie utilisée pour produire ces unités. J'ai moi-même fait quelques découvertes scientifiques dans ce domaine. Leur création était remarquable. Mais la transformation de Maxx est tout simplement stupéfiante. Il prouve que nous pouvons maintenant donner à une machine les capacités de grandir et de se développer selon un schéma similaire à celui d'un être vivant. Il est parti d'une capsule relativement petite de code de programmation et de matériel génétique. Et maintenant, regardez-le !

— J'aimerais pouvoir le *regarder*, répondis-je d'un ton neutre. Mais il n'est pas ici, n'est-ce pas ? Où le détenez-vous ?

La porte de la salle s'ouvrit à ce moment-là. Le géant Ivodien qui avait mené les hommes armés lors de l'attaque contre Maxx entra.

— Le professeur ne retient personne, Cassidy Davies, dit-il. C'est moi le responsable de cela.

— Vous ! Je bondis de mon siège. La colère explosa en moi. L'image de Maxx traîné par le cou hantait encore mon esprit.

— Je suis le commandant Ossux, se présenta-t-il, mais il eut la sagesse de ne pas me tendre la main. Je l'aurais refusée s'il l'avait fait. Ce complexe est sous mon commandement, ajouta-t-il.

— Alors, utilisez votre autorité pour faire quelque chose de bien, commandant, et libérez Maxx.

— J'ai bien peur de ne pas pouvoir faire ça, Cassidy Davies.

Aussi irritante que fût l'utilisation de mon nom par le professeur, le commandant réussit à le surpasser sur ce point.

— Juste Cassidy, s'il vous plaît, rétorquai-je.

Le commandant tira une autre chaise depuis le mur et la plaça plus près des nôtres, nous rejoignant dans notre petit cercle « intime » au milieu de la pièce. Il plia son corps massif pour s'asseoir, faisant grincer la chaise en protestation, puis posa ses avant-bras épais sur ses genoux et fixa ses yeux violet foncé sur moi.

— Nous vous ramènerons sur Terre à la première occasion, dit-il. Votre famille a déjà été informée de votre localisation.

— Merci, dis-je à contrecœur. Puis-je appeler mes parents ?

— Malheureusement, il est impossible d'établir une liaison

de communication avec la Terre qui serait assez stable pour un appel vidéo ou audio. Vous pourriez leur écrire. Mais nous risquons de vous ramener sur Terre peu après l'arrivée du message. Nos vaisseaux spatiaux sont les plus rapides de la galaxie, dit-il avec une fierté visible.

Mes parents devaient être fous d'inquiétude depuis le jour de ma disparition au parc. Mais au moins, maintenant, ils savaient que j'étais vivante. Même s'ils n'avaient probablement toujours pas d'idée claire sur mon enlèvement. Je leur écrirais très certainement, mais je ne pouvais pas partir d'ici. Pas toute seule.

— Je ne partirai pas sans Maxx, dis-je fermement.

— Maxx ? Il plissa les yeux en m'interrogeant.

— Peut-être devriez-vous connaître le nom d'un homme, commandant, avant de le traîner avec une corde pour l'enfermer.

Il se rassit avec un sourire narquois.

— Je n'ai détenu aucun homme aujourd'hui, mais récupéré une machine perdue, un équipement défectueux. Il n'a pas de nom, juste un numéro. Il était sûr de chacun des mots qu'il disait. Maxx n'était qu'un objet pour lui.

L'impuissance paralysa ma colère. Je laissai tomber ma tête dans mes mains, couvrant mon visage. C'était ce contre quoi je devais lutter ici : l'ignorance complète et totale.

— C'est tout de même un « équipement » plutôt unique et coûteux, intervint le professeur. Il serait bon de le traiter correctement.

— À ce sujet… Le commandant frotta sa cuisse musclée, comme s'il cherchait ses mots. Professeur, vous avez demandé à le maintenir en service pendant deux mois supplémentaires.

Deux mois !

C'était tout ce que Maxx avait à vivre ?

— J'aimerais que vous reconsidériez votre demande. S'il vous plaît, retirez-la, exigea le commandant.

— Non. Je fixai les deux hommes du regard.

— L'unité s'est révélée dangereuse, insista le commandant. Elle a déjà blessé trois de mes hommes. Il pourrait y avoir des victimes si on la garde dans le complexe, quelle que soit la durée. Elle doit être neutralisée. Immédiatement.

— Maxx n'est pas dangereux, protestai-je.

Le commandant me regarda froidement.

— Son comportement contredit vos paroles. Il se tourna vers le professeur. Mon travail est de protéger ce complexe contre la menace extérieure à laquelle nous faisons face quotidiennement. Je ne peux pas gaspiller mon temps et mes ressources sur une menace délibérément maintenue *à l'intérieur* de ces murs.

— Alors, ne le gardez pas ici ! m'exclamai-je. Laissez-nous partir. Je le ramènerai sur Terre avec moi.

Le commandant ricana.

— Les gouvernements de la Terre ne voudront rien avoir à faire avec cette abomination lorsqu'il en sauront plus dessus.

Je craignais le contraire. Certains pourraient être trop désireux de mettre la main sur Maxx, pour l'utiliser à toutes les fins sinistres pour lesquelles il avait été créé.

— Personne n'a besoin de savoir ce qu'il est, argumentai-je. Il a vécu sur Terre toute sa vie, sans causer le moindre problème.

— Il est entré dans la phase finale de son développement, observa le professeur Xez d'un air sombre. Sa programmation centrale a été activée. C'est un soldat maintenant, Cassidy. Une arme qui marche et respire.

Le professeur regrettait-il déjà sa demande de prolonger la vie de Maxx ?

Je me sentais complètement seule dans ce combat. Le désespoir me fit bondir de ma chaise.

— *Je* suis la programmation centrale de Maxx. Je pressai mon poing contre ma poitrine. *Je* lui ai tout appris sur les relations avec les autres. C'est grâce à *moi* qu'il sait ce que c'est que de se soucier de quelqu'un ou d'avoir un ami. Il connaît la valeur de la vie. Il ne ferait de mal à personne si vous… Je pointai mon doigt vers le commandant. Si vous ne l'aviez pas attaqué en premier. Vous le traitez comme une menace, ne lui laissant d'autre choix que de se défendre.

Je pivotai sur mes talons pour faire face au professeur.

« Et vous n'êtes pas beaucoup mieux, professeur Xez. Vous avez tous deux commis d'énormes erreurs ici. Depuis le moment où j'ai retrouvé Maxx sur Terre, nous avons été inséparables. Vous nous avez trouvés ensemble sur ce vaisseau, dans la même pièce. Maxx ne m'aurait pas quittée, même quand l'IA du vaisseau a essayé de me tuer. Il m'a maintenue en vie, risquant sa propre vie. Et qu'avez-vous fait ? Vous nous avez séparés. Vous l'avez enfermé sans même lui parler. Vous ne lui avez pas dit où j'étais. Et puis vous l'avez blessé quand il a essayé de se libérer. Dites-moi, vous, les hommes rationnels et intelligents que vous croyez certainement être, comment agiriez-*vous* à sa place ? Ne vous défendriez-vous pas, vous et ceux que vous aimez ? Ne vous battriez-vous pas pour votre liberté ?

Le commandant se racla la gorge et bougea dans sa chaise, la faisant gémir et grincer une fois de plus. Le professeur se leva.

— Puis-je m'entretenir avec vous, commandant ? Pardonne-moi, Cassidy, mais je pense qu'il serait préférable de clarifier quelques points entre le commandant et moi-même. Sans la passion qui vous guide dans cette affaire.

La passion dont il parlait me consumait, j'étais tendue et à fleur de peau. J'étais partiale dans cette affaire, je l'étais absolument. Mais je craignais que, sans moi, leur insensibilité ne l'emporte.

Je pris un moment pour répondre, comptant jusqu'à dix dans ma tête pour me calmer quelque peu.

— Je vais sortir. Mais seulement si vous me promettez de ne pas prendre de décision sans moi.

C'était audacieux de ma part de faire cette demande à deux hauts fonctionnaires sur une planète extraterrestre où je venais juste d'arriver. Mais il y avait tout simplement trop de choses en jeu pour que je laisse quoi que ce soit au hasard.

Le commandant se leva.

— Vous serez informée. Il s'approcha de la porte de la salle et la fit glisser. Croisant ses bras sur sa large poitrine, il se tint près de la porte, m'indiquant clairement de sortir.

CHAPITRE 14

CASSY

Serrant contre moi une boîte en plastique blanc contenant deux sandwichs, je suivais le professeur Xez le long du couloir gris du bâtiment principal du complexe.

Cela faisait dix jours que je n'avais pas vu Maxx. Nous n'avions jamais été séparés aussi longtemps, et c'était horrible.

Apparemment, beaucoup de paperasse avait dû être échangée entre les autorités militaires et les esprits scientifiques d'Ivodi. Des arrangements spéciaux avaient également dû être pris concernant mon statut sur Rimall. Mais cela faisait dix jours, et Maxx était toujours en vie. Encore mieux, j'étais désormais autorisée à le voir quotidiennement dans le cadre de mon nouveau travail d'assistante de Recherche dans l'équipe du professeur Xez.

J'avais mis mes études universitaires en suspens pour le moment, et le professeur m'avait embauchée en raison de ma relation antérieure avec son sujet de recherche ; Maxx. J'étais maintenant officiellement employée avec un contrat de deux mois.

Le professeur m'emmena jusqu'à l'ascenseur, puis me fit descendre au sous-sol du bâtiment. Il n'y avait pas de fenêtres ici, juste des murs de pierre avec des portes métalliques.

— On dirait un cachot, dis-je en le suivant dans le couloir étroit souterrain.

— Euh… Eh bien. La sécurité est optimale ici. Les cellules… Je veux dire, les chambres sont verrouillées. Parfois, quand nous rencontrons une nouvelle espèce de prédateur hors des murs du complexe, nous les amenons ici pour les étudier.

Je ricanai.

— Donc, Maxx est maintenant traité comme un animal. Est-ce une promotion ou un recul par rapport au fait d'être traité comme une machine ?

Avec un léger soupir, le professeur laissa passer ma remarque sarcastique, laissant ma question sans réponse. Il s'arrêta devant une porte sur notre gauche et l'ouvrit. Nous entrâmes dans une petite pièce avec une autre porte en face de la première.

La pièce était vivement éclairée. Un long bureau avec un panneau de plusieurs écrans se trouvait de chaque côté de la première porte, avec deux hommes et les hologrammes de trois femmes assis à chaque bureau.

— Bonjour, Professeur, dirent-ils tous, me lançant des regards curieux. Les humains étaient rares sur Rimall.

La moitié supérieure de la porte suivante était en verre. La grande pièce au-delà était peinte en blanc. Un long canapé gris se dressait contre le mur. Maxx était assis à une extrémité. Il regardait droit devant lui, mais je ne pensais pas qu'il pouvait me voir. La vitre de la porte devait être transparente uniquement de mon côté.

Il portait la même combinaison blanche que tout le monde dans ce bâtiment. Seuls le commandant et ses hommes portaient des uniformes de style différent, mais ceux-ci étaient également blancs. Ils ne semblaient pas avoir d'autres couleurs pour leurs vêtements ici.

Maxx semblait détendu, les genoux écartés, les mains posées négligemment sur ses cuisses. Mais je sentais une tension cachée en lui.

— Sait-il que je viens ? demandai-je pendant qu'un des hommes au bureau vérifiait mon badge et mes données biométriques.

— Il a été informé de votre visite ce matin, m'assura le professeur.

L'expression de Maxx restait indéchiffrable. Était-il dans l'attente ? Indifférent ? Drogué jusqu'à l'inconscience ?

— Pouvons-nous entrer ? m'impatientai-je.

Je ne me souvenais pas avoir jamais été aussi nerveuse de ma vie. Mes mains étaient si moites que je craignais de laisser échapper la boîte de sandwichs.

Le professeur Xez ouvrit la porte, et je le suivis à l'intérieur.

— Bonjour, Maxx, dit le professeur d'un ton de voix exagérément joyeux.

— Bonjour, professeur, répondit Maxx d'une voix neutre.

Quelque chose dans ses manières était étrange. Tendu ? Pour une fois, il ressemblait vraiment à une machine comme ils le prétendaient tous.

— Salut, Maxx. Je lui fis un petit signe de la main, serrant la boîte contre ma poitrine de l'autre.

— Bonjour, Cassy. Entendre mon prénom me serra la poitrine.

Ses oreilles tressaillirent. Elles avaient toujours été les parties les plus expressives de son corps. Ses oreilles ainsi que ses queues. Cependant, les queues reposaient immobiles sur le canapé à côté de lui.

Il jeta un coup d'œil depuis mon visage jusqu'au badge d'employée accroché à ma ceinture, puis détourna le regard, ne disant rien.

Voyait-il mon emploi ici comme une trahison ? Je l'avais uniquement fait pour avoir accès à lui, pour être plus proche, espérant pouvoir faire quelque chose, n'importe quoi, durant les quelques semaines qui lui restaient.

Ma gorge se serra. Mes doigts agrippèrent cette stupide boîte. Avais-je vraiment pensé que ce serait si facile de me présenter ici avec les sandwichs et faire comme si nous étions de retour à la maison, comme si rien ne s'était passé ? Avais-je espéré voir Maxx me serrer dans ses bras, m'embrasser et me dire à quel point il était fou de gratitude de ma venue ici pour la première fois en dix jours ?

J'avais supplié qu'on me laisse le voir chaque jour, plusieurs fois par jour, mais ils avaient refusé. Pas tant que toute la paperasse n'avait pas été réglée et que je n'avais pas obtenu ce stupide badge.

Est-ce que cela aurait de l'importance si je lui expliquais tout cela ? Je ne pensais pas que cela changerait quoi que ce soit.

— Eh bien… Le professeur appuya sur un bouton sur le mur et un grand écran blanc descendit du plafond. Les commandes sont juste ici. Il alluma l'écran en appuyant sur un bouton de l'accoudoir à côté de Maxx. Des aperçus d'émissions et de films apparurent. Voici la liste des programmes préapprouvés. Vous pouvez choisir de regarder ce que vous voulez. Profitez bien de votre après-midi.

Il quitta la pièce, et la serrure de la porte cliqua derrière lui. La vitre dans les portes et les murs s'avéra être à sens unique, comme je l'avais pensé. D'ici, les portes et les murs semblaient blancs et solides. Je me demandais si Maxx savait même qu'il était observé de l'extérieur comme un insecte dans un bocal.

Il resta assis sur le canapé. C'était un canapé incroyablement long, presque deux fois plus long que les canapés normaux.

Comme il était assis à une extrémité, il restait beaucoup de place. Mais je m'assis à côté de lui, à trente centimètres.

— J'ai apporté des sandwichs. J'ouvris la boîte et en sortis un, le lui offrant. C'est ce qui se rapproche le plus du jambon-fromage avec les ingrédients locaux. Ça sent presque comme le vrai.

— Merci. Il le prit.

Sans même y mordre, il reposa sa main avec le sandwich sur ses genoux.

Un silence gênant s'installa entre nous. Je ne m'étais jamais sentie aussi mal à l'aise à côté de lui auparavant. Ce sentiment pénible m'écrasait. Je sortis le deuxième sandwich de la boîte et mordis dedans. Ce n'était pas comme à la maison. Rien n'était pareil.

— Qu'est-ce que tu veux regarder ? J'indiquai l'écran d'un signe de tête.

Il haussa les épaules.

— Peu importe.

Je me penchai au-dessus de ses genoux et appuyai sur le bouton de son accoudoir. La première émission de la liste préapprouvée commença. C'était une production ivodienne, et je ne pouvais même pas dire s'il s'agissait d'un film ou d'un documentaire. J'avais du mal à me concentrer.

En mangeant mon sandwich, je n'en sentais pas le goût. Au lieu de regarder l'écran, j'observai le reste de la pièce. Elle était grande, à peu près de la taille d'un gymnase scolaire, et semblait multifonctionnelle.

Plusieurs machines ou équipements étaient disposés dans la pièce. Je ne connaissais pas leur utilité. Un lit étroit se trouvait dans un coin, entouré d'écrans. Était-ce là que Maxx dormait la nuit ? Le surveillaient-ils même dans son sommeil ?

Mon attention revint à l'homme à mes côtés. Il avait pris quelques bouchées de son sandwich et semblait regarder l'émission, mais j'aurais parié un rein qu'il ne s'intéressait pas non plus à ce qui se passait à l'écran.

— Tu aimes l'émission ? demandai-je, désespérée de briser cette gêne inhabituelle entre nous.

— Quoi ? Il arracha son regard de l'écran, tournant la tête vers moi.

— Est-ce que ça te plaît ?

Il cligna des yeux, regardant le sandwich dans sa main, puis à nouveau l'écran. Je devinai qu'il n'avait même pas entendu ma première question et était maintenant confus quant à ce que j'entendais par « ça ».

— Tu sembles distrait, dis-je. Quelque chose te tracasse ? Comment vas-tu ?

Il balaya la pièce du regard, s'attardant sur les machines, puis sur les murs. Ses yeux rencontrèrent alors directement les miens.

— Pourquoi es-tu ici, Cassy ?

Sa question fit que le morceau de mon sandwich resta coincé dans ma gorge. Ne voulait-il pas me voir ? Aurait-il préféré que je ne vienne pas ?

J'avalai difficilement.

— Je… je travaille ici maintenant. Je touchai mon badge du bout des doigts. Comme ça, je peux venir te voir. Ils veulent que je passe du temps avec toi, comme on faisait à la maison après l'école, tu te souviens ?

Il hocha la tête. Sa main, qui tenait le sandwich, se crispa en un poing. Le sandwich fut écrasé, se transformant en miettes et morceaux de viande maintenus ensemble par la pâte de fromage.

— Tu viendras demain ? demanda-t-il.

Avais-je entendu de l'espoir dans sa voix ? Ou c'était ce que je voulais croire ?

— Oui, Maxx. Je viendrai tous les jours.

Autant de jours qu'ils le laisseraient en vie.

CHAPITRE 15

CASSY

Un petit coup à ma porte fit s'allumer l'écran. L'image souriante du professeur Xez apparut à l'écran.

— Êtes-vous prête, Cassidy ?

Je hochai la tête tout en plaçant les lanières de viande séchée sur les tranches de fromage rose disposées sur les morceaux de pain.

— Presque. Entrez.

La porte coulissa, et le professeur pénétra dans ma suite. L'endroit n'était pas grand. Il comprenait un espace de couchage derrière un écran en plastique blanc, un petit coin salon, une salle de bain et un comptoir de préparation alimentaire avec un évier.

J'avais entendu dire que les employés permanents bénéficiaient de bien meilleurs logements à l'extérieur du bâtiment principal. Mais j'étais là à titre temporaire et je n'avais même pas encore été autorisée à sortir du bâtiment principal.

Je finis de préparer les sandwichs, les ramassai du comptoir et les plaçai tous les deux dans la boîte en plastique.

— Est-ce qu'il les aime ? demanda le professeur, désignant la boîte d'un mouvement du menton.

Je soupirai.

— Je ne sais pas.

Tout ce qui concernait Maxx me laissait incertaine ces derniers temps. Cela faisait une semaine que nous avions commencé à passer une heure par jour ensemble chaque après-midi. Sept heures de silence gêné et de conversations brèves et guindées.

— Qu'en pensez-vous ? demandai-je au professeur. Comment va-t-il, selon vous ?

Il écarta les mains.

— Physiquement, il est en pleine forme. Mais comme vous le savez, il nous est interdit de lui enseigner les capacités complètes de son corps et de sa programmation. Le but de ce projet est d'apprendre de lui, pas l'inverse.

J'acquiesçai. Cela m'avait été communiqué dès le début. Maxx ne devait pas atteindre son plein potentiel en tant qu'arme pour laquelle il avait été conçu. La prolongation de deux mois avait été accordée aux scientifiques pour qu'ils apprennent quelles parties de son corps pourraient être utilisées pour améliorer la technologie actuellement disponible pour les voyages et l'exploration spatiale.

Comme d'habitude, le professeur continuait de parler :

— Depuis que Maxx s'est complètement remis de votre épreuve sur le vaisseau spatial, sa force et son agilité n'ont cessé de croître et de s'améliorer. Jusqu'à présent, cependant, elles sont loin d'atteindre des niveaux alarmants.

— Que se passera-t-il si elles atteignent ces « niveaux alarmants » ? Je détestais devoir poser la question, tout comme je détestais penser à la vitesse inquiétante avec laquelle la première semaine de nos deux mois s'était écoulée. Mais j'avais besoin de savoir.

Le professeur jeta un coup d'œil par-dessus mon épaule vers la fenêtre de mon salon. Comme partout ailleurs de ce côté du bâtiment, j'avais une vue sur le mur drapé de vignes. Ce n'était pas une vue hideuse. Le mur gris était presque complètement caché derrière les vignes vertes et violettes avec de magnifiques fleurs roses et orange en pleine floraison. Mais le mur était un rappel constant des dangers qui se cachaient derrière.

— S'il vous plaît, dites-moi qu'il y a de l'espoir pour Maxx, suppliai-je. Même quand vous aurez fini de collecter des données sur lui dans les prochaines semaines.

Le professeur croisa les bras sur sa poitrine et s'adossa au mur le plus proche.

— L'objectif principal de ce projet est d'apprendre tout ce que nous pouvons sur Maxx. Mais j'ai aussi un objectif secondaire. J'ai surveillé son comportement pour prouver qu'il ne représentait aucun danger pour la société. S'il continue à se comporter aussi agréablement, je déposerai une demande pour qu'il puisse vivre parmi les gens, avec quelques ajustements nécessaires, bien sûr.

C'était une excellente nouvelle. Pourtant, mon humeur ne s'améliora pas beaucoup.

— Donc, il vous semble aller bien ? demandai-je.

— Eh bien, depuis que le projet a officiellement commencé, il a été parfaitement docile. Il n'a eu absolument aucun accès d'hostilité ou d'agression. Rien.

Rien.

C'était ça, le problème. Rien de ce que je connaissais et aimais chez Maxx n'était plus là. Il ne plaisantait pas et ne souriait pas. Il réagissait à peine. En fait, il se comportait vraiment comme une machine, ce qui me rendait folle d'inquiétude. Je n'arrivais pas à dormir la nuit.

Et s'ils avaient raison ? Si Maxx n'était après tout qu'une

machine ? Si toute sa personnalité n'était qu'une série de codes et de programmes ? Si les qualités que j'aimais en lui avaient été effacées, et qu'il ne restait plus que la coquille vide de la personne que je connaissais autrefois ?

Plus j'y pensais, plus le vide en moi grandissait. Je me creusais la tête, essayant de trouver comment le maintenir en vie. Mais si ses parties les plus importantes - son âme, son humour, sa personnalité même - étaient déjà mortes ?

— Êtes-vous intervenu dans sa... euh, programmation d'une manière ou d'une autre ? demandai-je au professeur. Son cerveau ou son logiciel ou peu importe comment vous appelez ça ?

Le professeur secoua la tête.

— Nous ne faisons qu'observer, surveiller et étudier, rien d'autre. Nous obtenons les meilleurs résultats en l'observant dans son environnement normal...

Je ricanai.

— Son environnement est loin d'être *normal*.

— C'est le plus proche que nous avons pu faire. Il a une chambre chaude avec des repas servis régulièrement. Et vous êtes là, pour lui tenir compagnie.

À ces propos, je me sentis inutile. Ma présence n'avait rien accompli. Est-ce que Maxx se souciait même de mes visites ? Il semblait à peine me remarquer.

— Ça n'est pas amusant de rester assis dans une pièce sans fenêtre toute la journée, dis-je, pensant à voix haute. Peut-être que je pourrais l'emmener se promener dehors ? Juste une promenade dans les jardins extérieurs. Maxx aimait aller au parc avec moi avant, quand... Mais ma voix s'éteignit.

Cette époque semblait si lointaine maintenant. Maxx était tellement différent à cette époque aussi. Que savais-je sur ses goûts et aversions maintenant ?

Le professeur se frotta le menton d'un air pensif.

— Nous devrions vider les jardins de tous les visiteurs pour votre promenade. Le commandant ne l'autoriserait pas autrement, par crainte pour la sécurité des gens. Enfin, s'il autorise Maxx à se promener !

Je ne connaissais peut-être pas si bien que ça Maxx. Par contre, je connaissais Potiron. Il adorait être dehors. Courir était l'une de ses activités préférées.

— Il ne peut pas rester enfermé aussi longtemps, dis-je. Il a besoin de bouger.

— Oh, mais il dispose d'équipements de pointe pour la stimulation physique de chaque groupe musculaire. Il jeta un coup d'œil au disque iridescent attaché à son bras supérieur. Nous devons y aller, Cassidy. Il est temps.

Je saisis la boîte contenant les sandwichs sur le comptoir et je suivis le professeur hors de la suite.

— QU'EST-CE que tu veux regarder aujourd'hui ? demandai-je à Maxx, me penchant par-dessus ses genoux pour atteindre les commandes de l'accoudoir.

— Ce que tu veux, répondit-il d'une voix neutre.

Tenant son sandwich d'une main, il leva les bras pour me laisser de l'espace.

J'appuyai sur les boutons, faisant défiler les images à l'écran.

— Voyons s'ils ont des émissions de chez nous. Le professeur Xez a dit qu'ils en ont obtenu quelques-unes, juste pour nous.

Appuyée sur un coude, je me tenais au-dessus de ses cuisses alors qu'il était assis sur le canapé près de l'accoudoir. Mon flanc effleurait son torse, mais nos corps ne se touchaient nulle part ailleurs.

— Oh, en voilà une ! Je repérai une capture d'écran d'une émission que je regardais adolescente. Tu veux voir celle-ci ? J'espère qu'ils ont toute la saison, et pas seulement cet épisode.

Il resta silencieux, et je jetai un coup d'œil par-dessus mon épaule. Ses deux mains toujours en l'air, il me fixait au lieu de regarder l'écran.

— Tu te souviens de cette émission ?

— Je m'en souviens. Je me souviens de tout. Sa voix était douce, presque un murmure. Et elle portait une émotion, une nostalgie si poignante que ma respiration se bloqua dans ma gorge.

Mon bras céda, et je tombai sur ses genoux.

— Désolée.

Je me roulai sur le dos et amorçai un mouvement pour me relever.

— Attends ! Il jeta son sandwich de côté et posa sa main sur ma poitrine, juste au-dessus de mes seins.

Mon cœur se mit à battre la chamade, et je me demandai s'il pouvait le sentir. J'étais allongée sur ses genoux, regardant dans ses yeux étranges et multicolores. Ce n'étaient pas les yeux d'une machine ou d'un animal. C'étaient les yeux familiers et chers de Maxx,.

— C'est. Une. Torture, dit-il lentement, en détachant chaque mot. De t'avoir ici.

Ses mots me transpercèrent comme des aiguilles. Mon estomac se noua.

— Tu n'aimes pas mes visites ?

— Ce n'est pas ça. Il secoua la tête rapidement. J'ai *besoin* de toi. Tu me permets de rester sain d'esprit. Rien dans ma vie n'a de sens désormais, sauf toi.

— Maxx...

Je couvris sa main sur ma poitrine avec la mienne. Il la libéra et la remonta jusqu'à mon cou, en parlant doucement, mais avec une force tranquille derrière chacun de ses mots.

— Chaque fois qu'ils me connectent à une machine ou me relient à un moniteur, l'idée de te revoir est la seule chose qui m'aide à tenir le coup. Tu es ma seule et unique raison...

Un haut-parleur se mit en marche.

— *Sujet, relâchez immédiatement l'assistante Cassidy Davies*, exigea une voix masculine sévère.

Les oreilles de Maxx s'aplatirent contre sa tête. Sa mâchoire se contracta, et ses yeux lancèrent un éclair rouge.

— Il ne me retient pas ! Je me redressai et m'écartai de lui, levant les mains en l'air pour montrer que j'étais libre de bouger.

J'aurais tout donné pour rester sur ses genoux un peu plus longtemps, mais entrer en confrontation avec les autorités jouerait contre nous en ce moment.

— *Assistante de recherche Cassidy Davies, veuillez vous lever et vous diriger calmement vers la sortie,* ordonna la voix.

La déception m'envahit

— Mais je viens juste d'arriver. Nous avons une heure.

— *En raison d'une violation des règles, cette visite est maintenant terminée.*

— Non, s'il vous plaît…

Le canapé bougea sous moi soudainement. Maxx l'avait attrapé par l'accoudoir et l'avait propulsé à travers la pièce.

Je poussai un petit cri de surprise, ramenant mes jambes contre ma poitrine. L'imposant meuble glissa sur le sol de pierre comme un palet de hockey sur la glace. Il pivota à mi-parcours, puis s'écrasa avec son dossier contre la porte.

Maxx bondit à travers la pièce et atterrit au-dessus de moi sur le canapé, un genou de chaque côté de mes hanches.

— Ils ne comprennent pas, n'est-ce pas ? Sa voix était tendue et grondante, comme s'il retenait un rugissement.

Il n'y avait plus rien de calme ou d'impassible dans son expression. Ses lèvres s'étaient retroussées, exposant la pointe de ses crocs. Ses yeux clignotaient de toutes ses couleurs. Le rouge, le vert et le bleu s'alternaient selon un schéma sauvage et insensé. C'était à la fois terrifiant et hypnotisant.

À genoux au-dessus de moi, il me souleva par la gorge, me fit glisser le long du dossier du canapé jusqu'à ce que mes fesses se retrouvent sur le dossier et que mes omoplates soient pressées contre le mur.

— Ils n'ont aucune idée de ce que c'est que d'être assis à côté de toi pendant une heure entière sans avoir la possibilité de te toucher.

Il garda une main sur mon cou, me maintenant en place sans me faire mal. De l'autre, il transperça le panneau de contrôle avec l'interrupteur près de la porte.

— Jour après jour, j'ai souhaité qu'ils tuent simplement la partie de moi qui te désirais. Mais cela signifiait qu'ils devaient me tuer entièrement. Parce que j'ai envie de toi de tout mon corps.

Il arracha une poignée de pièces et de fils du panneau de contrôle brisé, puis enfonça sa main à l'intérieur. Les lumières vacillèrent puis s'éteignirent, plongeant la pièce dans une obscurité totale. Seul l'éclat de ses yeux demeurait.

— Neuf minutes et demie, ajouta-t-il. C'est le temps nécessaire pour qu'ils réalisent que les sources d'alimentation principale et auxiliaire sont désactivées et pour qu'ils trouvent un moyen de contourner cela. C'est tout ce que nous avons avant qu'ils parviennent à ouvrir cette porte. Neuf minutes et demie seuls, en échange de semaines de misère. Un bon marché, tu ne crois pas ? Il se pencha contre moi, me clouant au mur. Que devrions-nous faire d'un tel trésor, Cassy ? Comment veux-tu passer ce temps que nous avons ?

Il semblait sauvage et peut-être délirant. Mais vivant. Plus vivant qu'il ne l'avait été toute la semaine précédente. Je levai les mains, touchant son visage, caressant ses oreilles, passant mes doigts dans la fourrure de son cou.

— Tu es revenu…

Il se pencha contre moi.

— Je n'étais jamais parti.

— J'avais tellement peur que ce soit le cas. Je croyais t'avoir perdu. Que tu ne me *connaissais* plus.

Il prit mon visage entre ses mains. Ses pouces effleurèrent mes pommettes.

— Ils m'ont averti que si je ne restais pas calme, si je m'approchais trop près, si je perdais le contrôle, je ne te reverrais plus jamais. Si je ne faisais pas ce qu'ils me disaient de faire, ils m'enlèveraient le seul moment lumineux de ma vie. Je ne pouvais pas les laisser me le prendre. J'ai fait ce qu'ils disaient. Mais c'était une vraie torture de rester loin de toi.

— Ne reste pas loin. Je me pressai plus près de lui. Ne reste jamais loin de moi, Maxx.

Il baissa la tête, sa bouche atterrit sur la mienne dans un baiser. Le monde tournoya autour de moi, et tout, chaque partie de l'Univers, revint en place alors qu'il m'embrassait. Tout allait bien à nouveau dans le monde.

Je passai mes mains le long de ses larges épaules, puis je les déplaçai vers son torse. Je trouvai la fermeture de sa combinaison au milieu de son col, et la glissai jusqu'à sa taille. Comme il ne portait pas de ceinture, rien ne m'empêcha de l'ouvrir complètement jusqu'à son bassin.

— Cassy... gémit-il contre mes lèvres quand j'étalai mes mains sur son torse nu.

Son parfum chaud et masculin m'enveloppa. Ses mains effleurèrent doucement mes bras. Comment quelqu'un pouvait-il penser qu'il n'était qu'une machine à tuer ? Ils ne le connaissaient pas du tout.

Il ouvrit ma combinaison. Je débouclai ma ceinture, le laissant me déshabiller. Il fit glisser ses mains sur mon corps, n'oubliant aucun centimètre de ma peau.

— Si seulement tu savais à quel point tu m'as manqué, murmura-t-il, en embrassant mes seins. Je déteste aller me coucher sans t'avoir à mes côtés. Sans toi, mon sommeil est hanté par des cauchemars.

Je passai mes doigts dans la fourrure ondulée de sa tête. Elle caressait et chatouillait ma peau, me faisant sourire.

— J'ai à peine dormi sans toi.

Je devais trouver un moyen de changer cela. Maintenant que nous étions ensemble, tout semblait possible. Je n'allais pas les laisser me l'enlever à nouveau.

La douce caresse de sa queue glissa le long de ma jambe. Une autre parcourut mon autre jambe. Leurs deux pointes caressèrent l'intérieur de mes cuisses, puis se joignirent à leur sommet. L'air quittait mes poumons alors que mon corps se réchauffait de l'intérieur.

Un bras appuyé contre le mur au-dessus de ma tête, Maxx se pencha plus près. Son autre main massait mon sein.

— J'ai imaginé te toucher comme ça, dit-il d'une voix rauque près de mon oreille. T'embrasser… Te faire l'amour. Chaque fois que je fermais les yeux, je voyais ton visage.

— Embrasse-moi. J'accrochai ma jambe autour de sa taille, pour le rapprocher, tandis qu'il prenait à nouveau ma bouche avec la sienne.

La fourrure entre ses cuisses chatouillait ma peau. Puis, je sentis un contact différent. Un de ses pénis semblables à des tentacules luisants se glissa entre mes jambes, me faisant haleter de plaisir.

— Ce doux son m'a manqué, murmura-t-il avec un sourire. J'adore entendre tes petits halètements et gémissements. Les plus beaux sons du monde.

Je bougeai mes hanches, à la recherche de plus de contact. La pointe de sa longueur tourbillonnait habilement autour de mon ouverture. Les deux autres le rejoignirent, caressant mes plis et chatouillant mon clitoris.

J'enroulai mon autre jambe autour de sa taille, me frottant contre lui. Une pression douloureuse palpitait entre mes jambes, implorant une libération.

— Maxx, je te veux en moi… soufflai-je.

Il se tendit, et, pendant un moment, je craignis qu'il ne

résiste. Mais il prit mon postérieur dans sa main et me souleva un peu.

— Je serai doux, promit-il.

— Je sais que tu le seras.

Ce n'était certainement pas l'endroit où j'avais imaginé que ma première fois se produirait. Peut-être que ce n'était pas non plus le meilleur moment. Mais je n'avais aucun doute que c'était l'homme avec qui je voulais que cela se passe.

Me tenant d'une main, il prit mon menton de l'autre, soulevant mon visage vers le sien. L'éclat dans ses yeux s'adoucit avant qu'il ne m'embrasse.

Un de ses sexes continua à me caresser de l'extérieur, tandis que les deux autres tourbillonnaient juste à l'intérieur de mon ouverture. Je m'accrochai à ses épaules, gémissant contre sa bouche alors que la chaleur me traversait, me remplissant de pur plaisir.

Sa caresse restait constante et légère, même si mon corps se réchauffait, et en implorait davantage.

— Plus fort. Je me pressai contre lui.

Mais il la garda légère, taquin, me rendant ainsi folle de désir.

— Plus fort, suppliai-je.

Il bougea un peu plus vite, mais toujours pas assez fort. Le plaisir s'estompait et revenait. La pression palpitait plus chaude, plus urgente que jamais.

— S'il te plaît, Maxx...

Quand je pensais ne plus pouvoir le supporter, il appuya très fort, et tout se déclencha. L'orgasme monta et éclata à travers mon corps en feux d'artifice de plaisir. Il se mêla à la piqûre de douleur quand il poussa en moi. Mes hanches bougeaient contre lui. Je gémis à la fois de plaisir et de douleur. La douleur recula rapidement, se fondant dans les dernières vagues de mon orgasme.

Il s'écarta, glissant hors de moi. Je tendis la main vers le bas, saisissant la corde tendue de ses sexes. Il gémit contre mon cou tandis que les tremblements de son orgasme parcouraient son corps puissant.

Le parfum appétissant d'épices flottait dans l'air. Les jets serrés de sa libération touchèrent les coussins du canapé en dessous. Puis il se relâcha contre moi pour un moment d'intimité des plus intenses.

— Je t'aime, Maxx. Je frottai mon nez contre sa joue. L'aveu sortit si facilement, si naturellement. Je l'avais toujours aimé, durant toutes les années où je l'avais connu. Seulement maintenant, le sentiment était plus réel, en quelque sorte, plus profond, complet.

Son torse se souleva dans une profonde inspiration. Il releva la tête.

Je n'aperçus que la faible lueur bleu-vert de ses yeux, mais j'avais le sentiment qu'il pouvait voir chaque trait de mon visage, même dans l'obscurité. Je le regardai droit dans les yeux. Je n'avais rien à cacher.

Il s'éloigna de moi et remonta sa combinaison, fixant la fermeture en place. Puis, il tendit la main vers mes vêtements abandonnés.

— Cassy, je suis ravi que tu m'aies choisi pour être ton premier, dit-il, en m'aidant à m'habiller. Mais je ne veux pas être ton dernier.

— De quoi parles-tu ? Tu es le seul et unique.

Ses doigts tremblaient tandis qu'il fermait mon soutien-gorge, puis tenait la combinaison pour que je puisse passer mes bras dans ses manches.

— Ils m'ont connecté à leur système suffisamment de fois pour que j'apprenne tout le mystère de ma création et au-delà. Pendant qu'ils m'étudient, je fouille leurs fichiers. Je sais enfin tout sur moi-même. Je sais aussi que leur plan est de me tuer à la fin de ce projet. (J'inspirai en frissonnant quand il l'annonça), et il plaça ses mains sur mes épaules en un geste apaisant. Tu le sais aussi, n'est-ce pas ?

Je le savais, mais je refusais de croire que cela se produirait réellement.

— Je ne les laisserai pas faire, dis-je fermement. Je trouverai un moyen de les arrêter. On a encore le temps de trouver quelque chose.

— J'ai bien peur qu'il n'y ait plus de temps désormais. Pas après ce que j'ai fait aujourd'hui. Il boucla ma ceinture et redressa le badge dessus. J'ai enfreint leurs règles.

La lumière vacilla, et inonda la pièce. Je plissai les yeux et clignai des paupières. Maxx me fixait de ses yeux sereins bleu-vert.

— Je suis désolé, Cassy, mais les neuf minutes sont écoulées.

CHAPITRE 16

— Descends de ce canapé, Cassy.

Maxx m'attrapa par la taille, me soulevant du canapé sans effort comme si j'étais une poupée.

Un bourdonnement se fit entendre derrière la porte, puis un fracas. D'un moment à l'autre, ils allaient soit déverrouiller la porte, soit la défoncer.

— Reste en arrière, dit Maxx en m'éloignant de lui.

Il roula des épaules et prit position, face à la porte.

Il avait dit qu'ils le tueraient. Il savait qu'ils le feraient une fois dans cette pièce. Alors pourquoi restait-il planté là, attendant de se faire tirer dessus ?

— Maxx, dis-je en m'approchant.

— Non, s'il te plaît. Il tendit une main. Je ne veux pas que tu sois blessée.

— Eh bien, je ne veux pas que *tu* sois blessé non plus. J'enroulai mes bras autour de sa taille, m'accrochant à son flanc.

Le bourdonnement derrière la porte s'intensifia. Quelque chose craqua.

— Cassy. Il saisit mon bras comme pour me forcer à le lâcher.

— Écoute-moi, s'il te plaît, parlai-je rapidement, à court de temps. Tu n'es pas obligé de les laisser faire. Tu es plus fort qu'eux. Plus rapide. Tu peux les combattre. Ils ont fait de toi une arme. Alors, sois cette arme.

— Tu veux que je tue ?

Je voulais qu'il vive. À tout prix. Je balayai la pièce du regard, réfléchissant fébrilement tandis que les portes tremblaient.

— Tu peux t'enfuir, Maxx. Ces murs sont en verre. Tu le sais ?

Il hocha la tête, les sourcils froncés par la concentration. Bien sûr qu'il le savait. Il savait qu'il avait été surveillé chaque seconde de chaque jour. C'était pour cette raison qu'il avait agi comme ils le voulaient même quand nous n'étions que tous les deux dans cette pièce.

— Derrière les portes, il y a une autre pièce, continuai-je, beaucoup plus petite, avec un autre jeu de portes. Elles doivent être probablement ouvertes maintenant, avec tous les hommes du commandant qui font irruption. Une fois dans le couloir, tourne à droite. Nous sommes au sous-sol. Il n'y a pas de fenêtres ici. Mais l'ascenseur est au bout du couloir. Tu auras besoin de ça pour le faire fonctionner. J'arrachai le badge de ma ceinture et le lui tendis.

Il fixa le badge sans le prendre.

Un autre craquement, plus fort cette fois-ci, provint des portes.

— Défoncez-la ! cria quelqu'un derrière.

— Prends-le ! insistai-je. Une fois à n'importe quel étage au-dessus, il n'y a pas de fenêtre que tu ne puisses briser ni de mur que tu ne puisses escalader. Cours ! Sois libre.

Il continua à me fixer intensément.

— Et si je t'emmenais, *toi*, avec ton badge ? demanda-t-il.

Je regardai le badge dans ma main, puis vers lui. C'était un choix facile à faire.

— Emmène-moi, alors. Je sautai dans ses bras.

J'étais faite pour être avec lui, à tous points de vue. Il n'y avait rien ni personne sur cette planète entière, qui comptait plus pour moi que cet homme.

Il m'attrapa d'un bras autour de ma taille, sa main sous mon postérieur, et j'enroulai mes jambes autour de sa taille. Tenant son autre bras devant lui, il bondit par-dessus le canapé, et fracassa le mur avec son coude.

La paroi en verre vola en éclats. Les fragments explosèrent dans toutes les directions.

Je cachai mon visage dans la fourrure de son cou, juste assez pour voir les visages stupéfaits du commandant et de ses hommes. La bouche béante, ils se précipitèrent sur leurs armes. Maxx les écarta de son chemin dans une course folle vers les portes et dans le couloir.

Il ne s'arrêta pas, tournant à droite et courant si vite que nous atteignîmes l'ascenseur avant même que les agents de sécurité n'arrivent dans le couloir. Je savais qu'il était rapide. Mais pas *à ce point* ! J'en avais le tournis.

Les portes de l'ascenseur s'ouvrirent. Maxx attrapa l'homme qui se trouvait à l'intérieur et le jeta dehors.

— Quel étage ? demanda Maxx une fois à l'intérieur.

Je glissai mon badge dans la fente, et l'ascenseur monta brusquement.

— Il nous emmènera à mon étage. C'est la seule autorisation que j'ai. C'est sept étages au-dessus.

Il hocha la tête.

— Des fenêtres ?

— Oui. Une à chaque extrémité du couloir. Le complexe est entouré d'un mur aussi haut que ce bâtiment. Il y a aussi un grillage métallique qui couvre l'espace au-dessus du complexe comme un plafond, d'un mur à l'autre.

Plus j'y réfléchissais, plus le doute grandissait en moi. Était-il même possible de s'échapper d'un complexe aussi gardé et protégé ? Même pour un être supérieur comme Maxx ?

— Et Maxx... le prévins-je. N'oublie pas la faune sauvage au-delà du mur.

Il hocha de nouveau la tête. L'alarme retentit lorsque nous atteignîmes mon étage.

« Alerte ! Un élément dangereux s'est échappé... »

J'entendais à peine l'annonce par-dessus les battements de mon cœur.

Dès que les portes de l'ascenseur s'ouvrirent, Maxx courut vers la fenêtre, sauta à travers, brisant la vitre, et... atterrit sur le mur d'enceinte du complexe. S'accrochant au sommet d'une main, il continuait à me serrer contre lui de l'autre.

— Peux-tu essayer de passer dans mon dos ? demanda-t-il.

Faisant de mon mieux pour ne pas regarder en bas où le sol se trouvait sept étages plus bas, je passai prudemment un bras autour de son dos, puis déplaçai le reste de mon corps. Avec mes bras autour de ses épaules et mes jambes autour de sa taille, je m'accrochai à son dos comme un singe à un arbre. Il enroula une queue autour de chacune de mes jambes, comme une corde pour me maintenir attachée à lui.

— Accroche-toi bien, ordonna-t-il. J'ai besoin de mes deux mains pour déchirer le filet.

Ce filet métallique épais était conçu pour éloigner les monstres volants qui parcouraient le ciel de ce monde. Il fallait bien plus que de simples mains nues pour le déchirer. Mais ses mains n'étaient pas simples ! Les mains de Maxx étaient des outils à part entière. Son corps entier l'était.

Il grimpa plus haut sur le mur. Accrochant un bras par-dessus le bord, il tira sur le filet, il y déchira facilement un trou.

— Tiens bon, ordonna-t-il, puis il passa à travers le trou avec moi sur son dos. Tu peux revenir devant maintenant, offrit-il, suspendu au mur.

— Est-ce que je dois le faire ? gémis-je, pressant mon front contre son épaule. L'idée même de le lâcher, ne serait-ce qu'une seconde pour changer de position, me donnait le vertige. Mon estomac se retournait à la simple pensée de jeter accidentellement un coup d'œil vers le bas.

— Non. Tu n'es pas obligée. Il rit doucement, en caressant mon avant-bras. C'est bon. Reste où tu es, accroche-toi. Je vais sauter du mur maintenant.

Sauter ? Était-il sérieux ?

Mon dieu. C'était comme sauter du toit d'un immeuble de sept étages. Je fermai hermétiquement les yeux, serrant mes bras et mes jambes si fort autour de lui que je bloquais sûrement la circulation dans son corps et dans le mien.

Et puis, il sauta.

CHAPITRE 17

MAXX

MAXX

Il écarta les bras. Ces derniers s'élargirent et s'aplatirent, étirant les manches courtes de sa combinaison et captant l'air pour l'aider à planer. Survolant la canopée des arbres de la nature sauvage en contrebas, il cherchait le meilleur endroit pour atterrir. Cassy avait raison, la faune de Rimall présentait un grand danger. Tout ce qui vivait sur cette planète voudrait les dévorer.

Comme pour confirmer cette idée, une forme ailée descendit du ciel et changea de direction pour les suivre. Il sentit au moins deux autres créatures juste derrière celle-là.

Il scruta la forêt en contrebas. Elle débordait de vie. Sa vision était meilleure qu'elle ne l'avait jamais été. Perçant à travers les couches de feuilles, d'herbes, et même la terre, il captait chaque mouvement et chaque variation de température.

Dans toute la canopée et en dessous, des créatures, grandes et petites, grouillaient, chassaient et tuaient. Elles mangeaient et se faisaient manger. Le seul endroit calme était un amas de rochers nus au loin. Leurs sommets gris émergeaient des arbres verts, roses et violets. Il vira dans les airs, vers eux.

En se rapprochant, il vit un ruisseau qui coulait entre les rocs. Plus bas, l'eau disparaissait sous la montagne, où il détecta une grotte intérieure.

La créature ailée au-dessus d'eux poussa un cri strident.

— Mon Dieu, c'était quoi, ça ? demanda Cassy en se collant plus fort contre son dos.

Il plongea dans la canopée pour semer leur poursuivant. Cela fonctionna. L'énorme animal volant recula, mais Maxx y perdit en distance. Il atterrit au pied des collines, au lieu des rochers, près du ruisseau.

Au moment où il posa les pieds au sol, quelque chose fouetta sa cheville. Une queue ou un tentacule avec une pointe à son extrémité s'enroula autour de sa jambe. Il l'écrasa du pied, libérant sa jambe. Mais la pointe avait percé sa combinaison et éraflé sa peau avant de disparaître sous un buisson voisin. L'égratignure brûlait de toxines, et il expulsa le poison de la plaie.

Cassy relâcha son étreinte, mais il resserra immédiatement ses queues autour d'elle.

— Non. Garde tes pieds en l'air, l'avertit-il. Il y a des choses très désagréables au sol. Mais tu peux passer à l'avant. Je veux te voir.

En tendant les bras derrière lui, il la prit de son dos et la déplaça devant lui.

— Comment te sens-tu ?

Il n'avait pas besoin de le demander. Elle était clairement terrifiée. Les yeux grands ouverts, elle regardait partout frénétiquement.

— Quelque chose nous poursuivait, n'est-ce pas ? Là-haut ? Et quelles sont ces choses désagréables, dont tu parlais ?

— Tout va bien maintenant, assura-t-il, bien qu'il y eût

certainement assez de créatures dangereuses autour d'eux pour ne pas se sentir « bien » s'ils n'étaient pas prudents.

Cassy s'agita dans ses bras, visiblement sur les nerfs malgré ses paroles rassurantes.

— Et tu peux voler ! Je ne savais pas ça.

Ses bras avaient repris leur forme normale dès que ses pieds avaient touché le sol. Mais la sensation grisante de planer résonnait encore dans sa poitrine.

— Crois-moi, il y a beaucoup de choses que tu ne sais pas sur moi.

Il sourit, heureux de changer de sujet pour éviter de parler des dangers qui les entouraient.

Face à son sourire, la tension disparut du visage adorable de Cassy. Il adorait à quel point leurs émotions étaient en harmonie. Cela lui facilitait la tâche pour calmer ses inquiétudes.

— J'ai hâte de découvrir toutes tes *choses*, taquina-t-elle.

Il ne put résister à l'envie de déposer un baiser sur le bout de son nez, ce qui la fit glousser. C'était merveilleux de ne plus avoir à se retenir. Il pouvait l'embrasser autant et aussi souvent qu'elle le lui permettrait. Et elle semblait aimer embrasser autant que lui.

Elle se détendit dans ses bras, posant sa tête sur son épaule. Mais lui ne pouvait pas se le permettre. Les bruits de feuillages et de brindilles se faisaient entendre de toutes parts. L'endroit grouillait de prédateurs voulant faire d'eux un repas rapide.

— Nous devons sortir d'ici, dit-il.

— Où veux-tu aller ?

— En haut de cette montagne. Il y a un ruisseau qui descend et se perd dans les rochers. Derrière se trouve une grotte. Elle semble vide. Ce devrait être un endroit sûr pour passer la nuit.

— Tu peux voir à travers la montagne ?

Il hocha la tête.

— Dans une certaine mesure.

— Encore une compétence bien utile, murmura-t-elle, se

repositionnant plus confortablement dans ses bras tandis qu'il se dirigeait vers le haut de la colline.

Il ne la contredit pas, mais ce n'était pas une *compétence* qu'il avait perfectionnée, juste une caractéristique de sa conception, qu'il avait découverte parmi tant d'autres, pendant son séjour aux « bons soins » du professeur Xez. Il avait même pu s'exercer un peu à scanner des endroits cachés. Mais au complexe, il ne pouvait pas le faire sur les murs de sa chambre. Quelque chose l'en empêchait, soit dans ses réglages, soit dans la configuration de la pièce. Le professeur ou le commandant — ou les deux — souhaitaient le maintenir dans l'ignorance concernant sa localisation et son environnement.

Ici, en plein air, la forêt, le sol, et même les rochers étaient beaucoup plus faciles à sonder. Il pouvait voir les silhouettes de toutes les créatures vivant dans la zone et identifier la plupart d'entre elles. Toutes étaient venimeuses, féroces ou dangereuses d'une façon ou d'une autre.

Il devait emmener Cassy dans un endroit plus sûr. De toute façon, il valait mieux ne pas rester à découvert, car la possibilité d'être pistés ou suivis par les gens du complexe demeurait.

Alors qu'il faisait le pas suivant, quelque chose de pointu perça la semelle de sa chaussure et le piqua entre les orteils. Il aspira une bouffée d'air.

— Qu'est-ce qu'il y a ? s'inquiéta Cassy. Tu vas bien ?

— Oui. Il expulsa le poison de sa peau et de ses tissus musculaires et les fit se ressouder pour refermer la plaie, tout cela sans ralentir ni même trébucher. On y est presque.

Il s'arrêta sur les rochers près du ruisseau.

— On va nager ? demanda Cassy.

— Je vais nager pour nous deux, mais tu devras retenir ta respiration. Tu peux faire ça ?

Elle acquiesça.

Une forme épaisse glissa le long du tronc d'un arbre voisin derrière Cassy. La créature aux six longs membres se déplaçait rapidement. Sa gueule était déjà ouverte. Sa langue noire se déroula, hérissée de pointes.

Il prit le menton de Cassy dans sa main, ne voulant pas qu'elle se retourne accidentellement et voie le monstre qui se préparait à les attaquer. Il était inutile de l'effrayer.

— Prends une grande inspiration et retiens-la, Cassy.

Au moment où sa poitrine se dilatait en inspirant, il bondit du rocher et plongea dans le ruisseau laiteux.

L'eau se referma sur eux. D'abord chaude, elle devint plus froide à mesure qu'ils progressaient sous terre. Il n'avait aucune difficulté à retenir sa respiration. Mais après un moment, Cassy dénoua ses bras et ses jambes autour de lui. Elle poussa contre ses épaules, battant des pieds.

Elle avait besoin d'air. Il n'avait pas été assez rapide pour l'amener à la surface, et elle essayait de le quitter pour en chercher.

Il plaça ses mains sur sa taille et la poussa vers la surface.

Elle haleta et cracha, émergeant à l'air libre.

— Waouh… dit-elle après avoir un peu repris son souffle. C'était une longue nage.

Ce n'était pas si long. Mais le temps s'écoulait différemment quand on luttait pour respirer.

Il examina la grotte autour de la rivière souterraine. L'eau laiteuse brillait doucement grâce aux minéraux dissous. C'était la seule source de lumière dans la grotte. La pénombre ne l'empêchait pas de percevoir chaque détail des parois recouvertes de longues lianes brunes et du plafond avec d'épaisses stalactites qui pendaient.

De longues formes sombres glissaient dans l'eau et les encerclaient. Ces créatures n'étaient ni venimeuses ni assez grandes pour les blesser gravement, mais il valait mieux ne pas tenter le sort.

— Sortons de la rivière.

Un bras autour d'elle, il nagea jusqu'à la rive et l'aida à grimper. Les rochers sous l'eau étaient recouverts de coquillages. Il en arracha un en sortant de la rivière.

Cassy se frotta les bras.

— Il fait frais ici.

— Mieux vaut ne pas faire de feu cependant. Se positionnant derrière elle, il l'entoura de ses bras et augmenta sa température corporelle.

Pendant qu'il la réchauffait, il continuait d'évaluer leur situation, identifiant les formes de vie autour d'eux. Le jus blanc des lianes sur les murs était du poison pur. Mais chaque longueur était enfermée dans une épaisse couche d'écorce, les rendant inoffensives à moins d'être coupées ou hachées. Le sol rocheux ruisselait d'humidité. À part les lianes et les créatures dans l'eau, il ne semblait y avoir aucune vie dans la grotte. C'était vraiment l'endroit le plus sûr de la forêt. Il souffla de soulagement.

— Oooh, tu es si chaud, murmura Cassy, en s'étirant contre lui.

Il secoua ses queues. Sa température corporelle élevée aidait à l'évaporation de l'eau de sa fourrure et de leurs vêtements.

— Tu veux que je t'aide à sécher tes cheveux ? Il embrassa le sommet de sa tête, près de sa queue de cheval bouclée, qui semblait un peu désordonnée après leur vol à travers les arbres et leur nage sous l'eau.

Elle toucha ses cheveux pour évaluer leur état.

— Nan. C'est mieux de les laisser comme ça. Si j'enlève l'élastique, ce sera un désordre que je ne pourrais pas dompter sans mes produits coiffants. Tu sais, j'ai trouvé des substituts pour ces produits ici sur Rimall.

Elle replaça les boucles rebelles sous l'élastique, et il caressa sa queue de cheval du bout des doigts.

— J'adore tes cheveux, Cassy. Depuis toujours. Ils sont mignons, quelle que soit ta coiffure. Même en désordre, comme tu dis.

— Oh. Qui aurait cru que tu deviendrais un si beau parleur ?

Elle tourna son visage vers le sien. Maintenant, je suis contente que tu n'aies pas appris à parler plus tôt. Si tu l'avais fait, tu m'aurais fait tomber amoureuse de toi bien avant que tu ne sois prêt à m'aimer en retour.

— Je t'ai toujours aimée, Cassy, dit-il sincèrement. D'une manière qui n'a fait que grandir.

Elle se dressa sur la pointe des pieds et il l'embrassa. Il n'avait pas de cœur comme elle. Plusieurs systèmes indépendants assuraient cette fonction dans son corps. Mais une sensation chaude palpitait au fond de sa poitrine, là où un cœur aurait été s'il en avait eu un.

Elle enroula ses bras autour de son cou, et il resserra les siens autour d'elle.

— C'est si bon de t'avoir retrouvé, dit-elle avec un sourire. J'étais si inquiète de t'avoir peut-être perdu, que quelque chose en toi avait été effacé pour toujours. Comme si tu te souvenais des mots et des actions, mais avais complètement oublié tous les sentiments.

— Les sentiments que tu provoques sont impossibles à oublier. Tu ne m'as jamais perdu. Tu ne me perdras jamais.

— Promis ?

— Aussi longtemps que je vivrai, promit-il.

Elle l'embrassa à nouveau, puis renifla l'air.

— Qu'est-ce qui sent si bon ?

Un arôme agréable émanait du coquillage qu'il tenait encore serré dans son poing. Avec sa température corporelle élevée, le mollusque avait été lentement poché dans sa main.

— C'est le coquillage que j'ai pris dans la rivière. Je n'y ai détecté aucune toxine. Mais laisse-moi vérifier.

Il ouvrit le coquillage et plongea le bout de sa langue à l'intérieur, faisant une analyse chimique rapide de la moule.

— Euh… qu'est-ce que tu fais ? demanda Cassy.

Il ferma la bouche.

— C'est comestible.

— Comment le sais-tu ?

— Il y a plusieurs centaines de capteurs très sensibles dans ma langue. Elle peut détecter les plus infimes quantités de substances nocives.

— Vraiment ? Elle détourna le regard. Et dire où cette langue s'est aventurée !

Il s'arrêta un moment, puis se souvint de l'endroit le plus délicieux que sa langue ait jamais léché, et éclata de rire. L'attrapant par la taille, il la tira plus près.

— Oh, elle y retournera. J'ai hâte de te déguster à nouveau.

Elle laissa échapper un petit halètement, suivi d'un gloussement, ce son qu'il aimait tant.

— Dis-moi, avec tous ces capteurs super sensibles… As-tu effectué une analyse pendant que tu me faisais plaisir ?

Il aurait ri à nouveau si elle n'avait pas semblé sincèrement préoccupée, mordant sa lèvre inférieure pulpeuse.

— Ma chérie, murmura-t-il, frottant son visage contre le sien. Quand je suis avec toi, la plupart de mes fonctions s'éteignent. Toute mon attention est sur toi et le plaisir que ton corps me donne. Je suis donc incapable à ce moment là de faire une véritable analyse.

— Pas si différent des autres hommes, alors ? le taquina-t-elle. Maman dit toujours que les hommes n'ont qu'une seule chose en tête.

— Mhm… Il l'embrassa.

Sa concentration commença à fondre. Son goût envahit ses sens. Depuis sa bouche, ses pensées sautèrent à tous les autres endroits délectables à embrasser, à lécher, à sucer et à mordiller.

Le coquillage glissa de ses doigts et roula sur le sol pierreux de la grotte.

— Oups, rit Cassy.

— Tu vois ? Tu as volé toute ma concentration. J'ai même oublié de te nourrir d'abord.

— Ce n'est pas ton travail de me nourrir.

— Ce n'est pas du tout un travail. Je veux juste prendre soin de toi. Du mieux que je peux, compte tenu des circonstances.

Elle avait pris soin de lui pendant des années. Ça le ravissait de faire la même chose pour elle maintenant, à un niveau légèrement différent, bien sûr.

Il récupéra plus de coquillages dans l'eau pendant que Cassy s'asseyait sur la rive. Puis il les réchauffa entre ses paumes, les cuisant doucement à la vapeur, deux ou trois à la fois.

— Il y a un peu de sel dans leur chair, mais, malheureusement, il n'y a pas de véritable assaisonnement par ici pour le moment, dit-il comme pour s'excuser. Il aurait voulu lui offrir le monde entier, mais il ne pouvait même pas lui proposer une bouteille de sauce piquante avec son dîner.

— Ne t'inquiète pas. Elle s'assit sur le rocher, les jambes repliées, en mangeant les moules qu'il lui donnait. Ces moules sentent comme des cornichons et ne sont pas mauvaises du tout.

Il en mangea aussi. Les parties biologiques de son corps avaient besoin de nourriture. Bien qu'il pût s'en passer pendant très longtemps si nécessaire.

Il se demanda si Cassy y pensait aussi, puisqu'elle semblait l'étudier en mangeant. Elle le regardait plonger pour chercher les moules, puis fixait attentivement ses mains alors qu'il cuisait les coquillages entre ses paumes.

— Fascinant, dit-elle finalement.

— Tu aimes ce que tu vois, bébé ? Il fléchit un biceps et lui fit un clin d'œil d'une manière complètement ringarde.

Elle éclata de rire devant ses pitreries, puis le frappa légèrement au bras.

— C'est une bonne chose, que tu m'aies déjà, parce que ce numéro ne te permettrait jamais de conclure avec moi, mon pote.

Il sourit, heureux de l'avoir fait rire.

— Mais sérieusement, dit-elle. Les choses que tu peux faire

sont incroyables. Et je suis sûre que je n'en ai vu qu'une petite partie.

— La liste des fonctions est énorme, acquiesça-t-il. Et quand tu prends en compte toutes les combinaisons possibles, c'est pratiquement infini. En plus, j'ai aussi la capacité d'apprendre de nouvelles choses. Donc…

Ce n'était pas de la vantardise. Il énonçait simplement un fait. Il aurait renoncé franchement à toutes ces fonctions étonnantes en échange d'un corps ordinaire qui lui permettrait de continuer à vivre une vie tranquille avec Cassy quelque part en sécurité.

— Ils ont vraiment mis le paquet pour te créer comme super soldat, dit-elle. J'ai appris que le mode de vie ivodien dépend largement de l'exploration d'autres mondes. Ils possèdent une vaste flotte de gigantesques vaisseaux spatiaux avec des équipages de centaines de personnes. Les hommes passent des années sur ces vaisseaux, voyageant vers des planètes lointaines. Ils explorent principalement et recherchent des ressources maintenant. Mais il y a des décennies, il y avait encore des guerres.

— C'est vrai. Il jeta un coquillage vide dans la rivière. Je ne sers plus à grand-chose maintenant.

La souffrance et l'amertume s'agitèrent en lui à nouveau à la pensée de l'ordre de mise hors service qu'il avait trouvé dans l'un des fichiers de sécurité du professeur. Le commandant était beaucoup plus prudent avec la documentation. Il gardait toujours les informations sensibles dans une section du système à laquelle Maxx ne pouvait pas accéder. Mais le professeur avait laissé passer celle-là, permettant à Maxx de découvrir ce que l'avenir lui réservait. Dans l'état actuel des choses, il n'y avait pas d'avenir du tout pour lui. Les Ivodiens ne voyaient en lui aucune utilité, seulement une menace.

— Mais ce n'est pas vrai, protesta Cassy. Regarde où ils vivent. Elle fit un geste circulaire du bras autour de la grotte. Je n'aurais pas tenu une minute ici toute seule. Tu sais comme je suis maladroite parfois. Sans toi, j'aurais marché sur quelque chose ou mangé ou caressé un truc qui m'aurait tuée.

— Pas besoin d'être maladroit pour mourir ici, Cassy. J'ai été piqué deux fois sur le chemin. Si je ne m'étais pas débarrassé du poison, je serais mort aussi.

— Tu as été piqué ? Où ? Elle semblait alarmée.

— À la jambe, puis au pied. Mais je vais bien. Je te le jure, l'assura-t-il. J'ai expulsé le poison et guéri les blessures immédiatement.

— Tu peux faire ça ?

Il sourit.

— Ouais. Une de ces fonctions impressionnantes de ma liste.

Elle le regarda avec émerveillement pendant un moment, puis leva un doigt en l'air.

— Tu vois ? C'est ce que je veux dire. Tu n'es pas mort. Tu t'es débarrassé du poison. Tu as volé loin de ces oiseaux ptérodactyles qui nous poursuivaient. Tu as trouvé quoi manger pour le dîner. Tu survis parfaitement ici, et tu m'as aussi maintenue en vie tout ce temps. Tu as été conçu pour survivre dans ces conditions mieux que quiconque dans tout l'Univers.

— Je possède des parties de certaines espèces animales locales. J'ai été créé ici, tu te souviens ? Ils ont utilisé des ressources locales.

Ça le mettait encore mal à l'aise de penser à lui-même comme, étant « créé » plutôt que « né » comme tout le monde dans l'Univers. Mais ce concept s'installait lentement dans son cerveau. Le fait que Cassy l'accepte y était aussi pour beaucoup, soupçonnait-il. Son opinion comptait plus que tout pour lui.

— C'est exactement de ça que je parle, dit-elle avec passion. Tu es extraordinaire.

— Merci, dit-il d'un ton neutre.

Elle lui donna une nouvelle tape sur le bras.

— Arrête ça. Tu sais ce que je veux dire. Même si tu n'étais pas l'amour de ma vie, même si j'étais une parfaite inconnue, je verrais quand même l'avantage de t'avoir près de moi. Surtout sur une planète comme celle-ci.

— Tu viens de dire que je suis l'amour de ta vie ? Il savait exactement ce qu'elle avait dit. Il avait enregistré chaque mot de cette phrase pour la rejouer le reste de sa vie, quelle que soit sa durée. Mais le bonheur le réchauffait de l'intérieur, et il souhaitait juste l'entendre dire qu'elle l'aimait encore une fois.

Elle leva les yeux au ciel, mais le sourire sur son visage resta chaleureux et aussi doux que jamais.

— C'est ce que j'ai dit, Maxx. Je t'aime. Il n'y a personne sur cette terre qui ne pourrait jamais te prendre le titre d'amour de ma vie. Le commandant et les autres devraient être ravis de t'avoir dans leur complexe, au lieu d'essayer de se débarrasser de toi.

— Je représente une menace. C'est ce qui les effraie.

— Les gens ont souvent peur de l'inconnu. Mais ils ont eu l'occasion de t'étudier. Ils savent exactement ce que tu es.

— Et c'est ce qui les effraie encore plus. Il se leva et alla se rincer les mains dans la rivière.

Cassy était assise sur le rocher, regardant droit devant elle. Le front plissé d'inquiétude, elle se mordait la lèvre nerveusement.

Il détestait la voir préoccupée, mais il ne pouvait rien faire pour apaiser ses inquiétudes. Demain serait une autre journée difficile de survie. C'est tout ce qu'il pouvait lui offrir : une survie au jour le jour.

Bien que ne détectant aucune menace immédiate dans la grotte, il décida qu'il valait mieux ne pas rester au sol pour la nuit. Pour cela, il arracha plusieurs lianes du mur et les tissa ensemble en une sorte de hamac.

— C'est ingénieux. Cassy testa sa résistance en y posant ses mains et en s'y appuyant de tout le haut de son corps.

— Il nous supportera tous les deux, l'assura-t-il, ayant déjà calculé la solidité de sa construction. Le jus à l'intérieur des lianes est toxique, mais l'écorce est épaisse. Il te faudrait une hache ou une scie pour la transpercer.

— Ou tes griffes, plaisanta-t-elle en grimpant dans le hamac improvisé.

Elle avait raison. Ses ongles s'allongeaient en lames acérées qui pouvaient trancher la liane en deux.

Il sourit, la rejoignant dans le hamac.

— Je garderai mes bords tranchants bien cachés.

Elle se blottit contre lui, glissant son genou entre ses cuisses et posant une main à plat sur son torse. Il pressa son visage dans ses cheveux, respirant son parfum.

Pour la première fois, depuis des jours, il dormit sans cauchemars. Il rêva qu'il était enfin à nouveau chez lui.

CHAPITRE 18

MAXX

*L*es doigts froids et agiles de Cassy se glissèrent sous la fermeture de sa combinaison. Un frisson parcourut son corps tandis qu'elle se pressait contre lui.

— Tu as froid ? demanda-t-il en se frottant les yeux pour chasser le sommeil. Il pouvait se montrer vif et prêt à agir instantanément si nécessaire. Mais il limitait les alertes au minimum. Cette façon lente et paresseuse de se réveiller le matin lui semblait plus naturelle et bien plus agréable, surtout avec Cassy blottie contre lui.

— Mhm... murmura-t-elle en enfouissant ses mains dans la fourrure de son torse.

Il la serra plus fort et augmenta légèrement sa température corporelle.

— C'est mieux ?

— Mhm. Elle glissa ses pieds entre ses mollets. Ses chaussettes ne suffisaient visiblement pas à garder ses pieds au chaud.

Quelques minutes plus tard, cependant, elle sembla se

détendre un peu, se réchauffant. Il pensa qu'elle s'était peut-être rendormie, mais ses doigts bougèrent. Elle les passa dans sa fourrure, caressant son torse. Le bout de l'un d'eux effleura son mamelon, envoyant une décharge de désir dans tout son corps. Il inspira brusquement.

— Tu sais ce qui est bizarre ? dit Cassy en continuant à encercler son mamelon, le rendant fou de désir sans même se rendre compte de ce qu'elle faisait. Ils t'ont conçu sans nombril, ce qui est logique. Mais ensuite, ils t'ont donné des mamelons, qui sont inutiles pour les hommes, quelle que soit l'espèce.

Sa bouche était sèche tandis qu'il respirait plus vite, complètement réveillé maintenant. Il dut s'éclaircir la gorge avant de répondre :

— Les miens ne sont pas inutiles.

— Vraiment ? Elle pencha la tête en arrière, tournant son visage vers lui. À quoi servent-ils ? Tu peux lancer des lasers avec ou un truc du genre ?

Il gloussa. C'était du désir, non pas des lasers, qui traversait son corps depuis les récepteurs sensoriels de son torse, stimulés avec tant d'innocence par le doigt de Cassy. Ses sexes étaient tendus comme des barres de métal. Encore un peu, et il jouissait sur-le-champ.

— Ils font partie du même système que mes sexes, expliqua-t-il d'une voix étranglée.

— Oh… Ses paupières papillonnèrent, et elle déplaça sa main vers le centre de son torse, laissant son mamelon tranquille. Je ne sens pas ton cœur. Une ombre d'inquiétude passa sur son visage.

— Désolé. J'ai oublié. Laisse-moi arranger ça. Il déplaça la jauge à l'intérieur de sa cage thoracique, d'avant en arrière, la synchronisant avec le cœur de Cassy. Cette action produisit un doux bruit sourd, semblable à un battement de cœur, le seul qu'il pouvait avoir. Voilà !

La surprise remplaça l'inquiétude sur son visage, ses sourcils se levèrent jusqu'à la racine de ses cheveux.

— Tu peux démarrer et arrêter ton cœur à volonté ?

— Non… Ce n'est pas comme ça. Il hésita, et se sentit idiot face à sa petite ruse.

C'était un des rares cas où il n'aimait pas parler de ses différences avec Cassy. Parce qu'au moins pour cette chose-là, il aurait voulu être exactement comme elle. Il aurait aimé avoir un cœur. Cependant, il ne voulait pas non plus lui mentir.

— Je n'ai pas de cœur, Cassy, avoua-t-il.

— Tu n'en as pas ? La confusion sur son visage s'accentua. Mais comment fonctionnes-tu sans cœur ? Et qu'est-ce que c'est ? Elle appuya sur sa poitrine au-dessus de la jauge qui bougeait et résonnait.

— J'ai d'autres systèmes qui remplissent la fonction du cœur. Trois, en fait. Mais ils fonctionnent trop doucement, sans aucun battement. Ceci est… Il détourna le regard avant d'avouer, c'est une jauge mécanique qui produit un léger bruit sourd quand les réglages sont modifiés. Alors… je la déplace juste d'avant en arrière.

— Pourquoi ?

— Pour produire un son similaire à un battement de cœur.

Elle inclina la tête, le regardant intensément.

— Attends une minute. Donc, tu continues à ajuster une partie dont tu n'as pas besoin parce que ça t'aide à produire un son similaire à un battement de cœur ?

— Exact. Depuis que tu étais enfant, tu aimais mettre ta main juste ici. Il posa sa main sur la sienne sur sa poitrine et les déplaça légèrement vers la gauche. Comme ça. Tu t'endors toujours avec ta main ici, même maintenant.

Un sourire étira ses lèvres.

— Oui, c'est vrai.

— Ça te calme, je le sais, et ça t'aide à t'endormir.

— Alors tu as créé un battement de cœur, juste pour moi ?

Il adorait la façon dont elle le disait.

— Juste pour toi, répéta-t-il.

Elle se pencha pour l'embrasser, et il prit sa bouche avec la sienne. Sa main glissa de sa poitrine à la sienne. Il caressa son sein à travers sa combinaison. Elle gémit tandis que son pouce caressait son mamelon, qui durcissait. Une décharge d'énergie le traversa en réponse. Ses sexes tressaillirent plus fort que jamais.

— J'ai envie de toi, Cassy, murmura-t-il contre ses lèvres. Il avait toujours envie d'elle. Ce qui le ravissait, c'était qu'elle semblait le désirer tout autant.

Elle ouvrit complètement sa combinaison, et il fit promptement glisser la sienne de ses épaules, puis déboucla sa ceinture.

L'odeur de sa peau était à la fois familière et excitante. Elle gratta les reliefs de ses abdominaux avec ses doigts, et ses hanches sursautèrent, ses sexes se dressèrent durs comme des tiges entre ses jambes.

— Tu aimes les caresses sur le ventre, n'est-ce pas ? gloussa-t-elle.

Il lui fit un clin d'œil, fondant intérieurement de plaisir.

— Caresse-moi où tu veux, ma douce. Il la bascula sur le dos et tira sur son soutien-gorge, libérant son sein. Encerclant le bout sombre avec ses doigts, il regarda ses paupières se fermer de plaisir. Est-ce que mes caresses te font aussi de l'effet ?

Elle laissa échapper un doux gémissement, en arquant son dos. Il glissa sa main dans sa culotte et la posa entre ses jambes.

— Comment te sens-tu ce matin ? demanda-t-il.

Il ne souhaitait rien de plus que de la prendre à nouveau, mais il se retint, conscient que sa première fois n'avait été que la nuit dernière.

Ses yeux s'ouvrirent brusquement.

— *Je me sens* comme si tu me devais beaucoup de plaisir, après t'être assuré que je n'en aie pas avant toi.

Eh bien, si du sexe était ce qu'elle voulait... Il glissa un doigt en elle, le courbant contre ses parois internes. Un grognement de satisfaction s'échappa de ses lèvres.

Il la travailla avec sa main jusqu'à ce que ses gémissements deviennent plus forts et qu'elle se balance contre lui de plus en plus vite.

— Oh… J'ai besoin de toi, Maxx.

Elle tendit la main vers ses sexes, et ils s'enroulèrent fermement autour de ses doigts dès qu'elle les toucha. Son plaisir s'intensifia à ce contact.

— Viens plus près. Elle passa sa jambe par-dessus sa hanche, amenant le bas de leurs corps l'un contre l'autre.

Retirant sa main d'elle, il caressa et câlina son endroit le plus intime avec ses sexes préhensiles. Les trois s'étalèrent, frottant le bourgeon serré de son clitoris, taquinant l'entrée de son vagin, et caressant la peau sensible de ses cuisses intérieures.

Elle agrippa ses bras tandis que son orgasme secouait son corps. Sa bouche s'entrouvrit, laissant échapper de doux petits gémissements. Et il ne put plus se retenir.

Enroulant ses sexes étroitement ensemble, il les poussa tous les trois en elle. Chaude et humide, elle l'accueillit, enroulant ses jambes autour de lui.

— Oh, mon Dieu, tu es brûlant… siffla-t-elle.

— Désolé. Son corps s'était surchauffé, le désir coulait en lui comme un torrent sauvage.

Il abaissa sa température, contrôlant à peine ses systèmes. Après quelques coups de reins frénétiques, il éloigna ses hanches d'elle, jouissant sur les rochers sous leur hamac.

Le plaisir ondula à travers lui, alors qu'il s'accrochait à elle. Elle lissa la fourrure sur sa tête, caressant l'arrière de ses oreilles. La tempête déchaînée de plaisir s'apaisa finalement en un courant chaud et langoureux de béatitude. Il était encore sur elle, alors il se déplaça puis passa en dessous, l'attirant sur son torse.

— Qui aurait cru que le sexe pouvait être aussi génial ? Elle joua avec les longs poils de son torse. Bien que j'aie l'impression que c'est seulement aussi merveilleux parce que c'est avec toi.

Il ne pouvait pas s'empêcher de la regarder. Ses lèvres rosées et ses yeux étincelants offraient un tableau magnifique à contempler. Elle était tout, et partout, dans chaque cellule de son corps.

Elle jeta un coup d'œil aux rochers sous le hamac.

— Tu as dit que tu avais beaucoup appris sur ton corps maintenant. Sais-tu ce que c'est ? Elle pointa la flaque luisante de sa semence. Est-ce que c'est vraiment dangereux pour moi ?

— Non. Ce n'est pas toxique ou dangereux. Mais c'est mieux pour toi de t'en tenir éloignée.

— Pourquoi ? Je prends la pilule, tu te souviens ?

Il poussa un long soupir.

— J'ai été conçu pour me reproduire agressivement, pour répandre le matériel génétique stocké en moi afin de créer des super-espèces. Ma progéniture ne serait pas des cyborgs. Ils n'auraient pas de composants métalliques ou électroniques, mais ils seraient plus rapides, plus forts et physiquement supérieurs à tous les êtres sensibles existants. Une fois que le matériel génétique est dans un corps féminin, il ne se détériore pas. Il attendra aussi longtemps qu'il le faudra pour que la fécondation se produise.

— Waouh ! Tes nageurs sont de petits coriaces persistants, n'est-ce pas ?

Il éclata de rire. Elle avait vraiment une manière spéciale de le dire.

— Exact. Et au fait, peu importe la façon dont ils entrent dans ton corps.

— Que veux-tu dire ?

Il tira sur une boucle rebondissante qui s'était échappée de son élastique à cheveux.

— Les avaler ne les tuera pas.

— Oh... Bon à savoir. Elle se mordit la lèvre, réfléchissant à quelque chose. Est-ce pour ça que ça a une odeur aussi appétissante ? Pour inciter les femmes à l'avaler ?

— Peut-être. Il n'avait vu aucune mention de leur odeur dans la documentation, qu'il avait étudiée sur lui-même. Mais si le but était de faire entrer son matériel génétique dans le corps d'une femme par tous les moyens, rendre son odeur appétissante avait du sens.

Elle soupira.

— C'est dommage. J'aime l'épice de citrouille.

— C'est ce que ça sent pour toi ?

Elle sourit.

— Assez proche.

Elle remplissait entièrement son champ de vision. Il souhaitait concentrer tous ses sens sur elle, uniquement elle, mais une alarme d'avertissement lui pinça les entrailles.

Quelque chose n'allait pas.

Un bruit d'éclaboussure vint de la rivière souterraine, puis un claquement. Un tentacule gris-bleu s'éleva derrière Cassy. Il se terminait par une large palme ronde, aux extrémités griffues.

Elle ne le voyait pas, lui souriant toujours. Et il détestait l'alarmer, sachant qu'elle aurait peur. Elle avait été si effrayée dernièrement.

— Ferme les yeux, ma chérie, dit-il, la déplaçant doucement de lui.

— Pourquoi ? Elle secoua la tête, mais heureusement fit ce qu'il lui demandait.

— Garde-les fermés pour moi, d'accord ?

— Qu'est-ce que tu vas…

Le tentacule s'élança vers eux, et il l'attrapa. Sautant du hamac, il tira sur l'appendice dans sa main. Une tête géante émergea de l'eau, de la taille d'une petite voiture. La gueule du monstre était grande ouverte. Plusieurs rangées de dents tournaient à l'intérieur comme une sorte de machine à broyer tout droit sortie d'un cauchemar.

Un halètement étranglé d'horreur derrière lui indiqua que Cassy avait finalement ouvert les yeux.

— Je m'en occupe, assura-t-il sans détourner son attention de la créature visqueuse, qui rampait sur la rive.

Le tentacule dans sa main se tendit. Il fléchit ses muscles, s'efforçant de le garder piégé. Un autre appendice ondulant s'éleva de l'eau. Puis un autre. Combien cette chose en avait-elle ? Il allait manquer de mains pour tous les tenir.

La créature secoua son tentacule, le tirant vers sa bouche aux dents broyeuses.

— Oh non, tu ne m'auras pas, grogna-t-il, serrant la mâchoire.

Déployant ses griffes, il trancha le tentacule, le coupant net. Le corps informe du monstre fut pris de convulsions. Il émit un gargouillement sonore. Un liquide clair jaillit du moignon.

Maxx s'attaqua au tentacule suivant avec ses griffes longues et tranchantes comme des lames. Le deuxième tentacule tomba au sol, coupé en deux. Il fut rapidement suivi par le troisième.

Tout en gargouillant et éclaboussant l'eau opaque de la rivière souterraine, le monstre battit finalement en retraite.

Maxx le poursuivit dans l'eau et laboura de ses griffes la longue queue ondulante de la créature, de peur qu'elle n'envisage de revenir les déranger à nouveau.

Il attendit au bord de l'eau jusqu'à ce que la masse gris foncé du monstre ait complètement disparu dans l'eau et que toute trace soit effacée.

— Ça va ? Il se précipita vers Cassy, qui se cachait derrière leur hamac.

— Oui… Elle le laissa la serrer contre lui. Et *toi* ?

Elle toucha son torse et ses bras, puis saisit sa main et l'examina attentivement.

— Je vais bien.

Il avait rétracté ses griffes, et la rivière avait nettoyé le sang et la boue visqueuse de ses doigts.

— Bien, bien… répétait-elle, comme pour se convaincre elle-même.

Son cœur battait encore la chamade dans sa poitrine. Ses yeux restaient écarquillés d'horreur. Malgré tous ses efforts, elle avait été effrayée. Terrifiée. Elle essayait simplement de le cacher, en prenant de grandes et profondes respirations.

— Il est parti maintenant ? demanda-t-elle.

Il désirait ardemment la rassurer, lui dire qu'aucun monstre ne l'effraierait jamais, pas même dans ses cauchemars. Mais comment pouvait-il lui promettre cela ? Cette planète était un véritable cauchemar. Des créatures comme cette bête aquatique grouillaient partout, sur le sol et en dessous. Il ne pouvait pas promettre à Cassy avec certitude que la créature aquatique ne reviendrait pas ou qu'un nouveau monstre ne les attaquerait pas avant la fin de la journée.

— Il est parti, dit-il. Pour l'instant.

Inspirant profondément, elle hocha la tête. Elle comprenait.

— Je devrai être plus vigilant… commença-t-il, mais elle l'interrompit en serrant ses doigts.

— Tu fais un excellent travail pour me protéger, Maxx. Mais ta vie ne doit pas se résumer à ça. Tu ne peux pas continuer à combattre des bêtes sauvages sans un moment pour te détendre.

— C'est pour ça que j'ai été créé. Il haussa les épaules.

— Peut-être. Mais tu es tellement plus que ça.

Sa foi en lui et le fait de l'accepter tel qu'il était l'enthousiasmaient. Pour Cassy, il voulait être le meilleur homme possible. Il voulait tout lui donner. Mais elle avait raison. Ils étaient seuls ici. Le mieux qu'il pouvait lui offrir était une survie difficile.

— Veux-tu retourner là-bas ? Au complexe ?

Elle secoua rapidement la tête.

— Non, ils te tueront dès qu'ils te verront.

— Alors, je devrai m'assurer qu'ils ne me voient pas. Du moins pas tout de suite. Il sourit, espérant que son sourire se refléterait sur son visage à elle aussi, comme cela s'était souvent produit auparavant.

— Que veux-tu dire ?

— Nous nous faufilerons. Discrètement.

— Tu es sûr que c'est ce que nous devrions faire ? Y retourner ?

Il hocha la tête.

— Cassy, tu ne seras pas heureuse en passant le reste de ta vie dans une grotte. Loin de la civilisation, de tes amis et de ta famille.

Sa bouche sensuelle forma une ligne ferme déterminée.

— Oh si, je le peux. Et je le ferais si cela signifie que tu resteras en vie. Mais j'ai réfléchi. Elle mordilla sa lèvre inférieure entre ses dents. Je me demande si nous pourrions encore trouver un accord avec les autres.

— Quel genre d'accord ?

— Je ne sais pas trop. Quelque chose qui permettrait que tu restes en vie et que nous soyons ensemble.

Il l'entoura de ses bras, la rapprochant de lui. Il ne croyait pas que les Ivodiens leur permettraient d'être ensemble. Elle méritait beaucoup mieux que de dépérir dans cette grotte avec lui.

Elle caressa son torse, envoyant un nouveau frisson de plaisir dans son système.

— Je ne pense pas que nous ayons tout essayé, Maxx. Je continue à penser que j'aurais pu faire mieux... Que j'aurais dû être plus convaincante.

Cela aurait-il fait une différence ? Il ne le pensait pas.

Pourtant, il demanda :

— Tu veux parler au commandant ?

— Oh non ! Elle lâcha un bref rire sans humour. Il n'y a aucun espoir avec cet homme. Il est si têtu et inaccessible. Mais le professeur pourrait nous aider.

— Le professeur Xez ? Les souvenirs de toutes les procédures invasives que cet homme et son équipe lui avaient fait subir lui donnaient la chair de poule.

— Oui, répondit-elle avec enthousiasme. Je peux lui parler. Il te connaît mieux que quiconque ici dorénavant. Il occupe également un poste assez élevé sur Ivodi. Il doit pouvoir faire quelque chose.

Le professeur Xez avait été en charge de ce projet depuis qu'ils avaient atterri sur Rimall. Mais le professeur n'avait rien fait pendant tout ce temps. Maxx n'espérait pas que les choses aient beaucoup changé au cours des dernières vingt-quatre heures. Mais si Cassy souhaitait parler à cet homme…

— Si c'est ce que tu veux, alors c'est ce que nous ferons, accepta-t-il. Nous y retournerons.

Elle ajouta rapidement :

— Seulement si cela ne te coûte pas la vie !

C'était une garantie qu'il ne pouvait pas lui donner.

CHAPITRE 19

— **A**ttends. Ils l'ont réparé.

Maxx s'accroupit près du filet fixé au sommet du mur entourant le complexe, en me tenant contre lui d'un seul bras.

La déchirure qu'il avait faite dans le maillage lors de notre évasion avait été réparée avec un morceau de filet neuf. Le métal de la pièce était brillant. Cependant, la couture qui le rattachait au filet principal était grossière et irrégulière. Les réparations avaient été faites à la hâte. L'accent avait clairement été mis sur la fonctionnalité, pas sur l'esthétique.

Maxx déchira le filet, créant un nouveau trou suffisamment large pour que nous puissions passer.

Je m'agrippais fermement à lui, mais, contrairement à la dernière fois où nous étions montés ici, je n'avais pas peur. Je lui faisais confiance pour ne pas me lâcher. Son bras puissant autour de ma taille, combiné avec la prise ferme de ses queues sur mes jambes, me donnaient toute l'assurance dont j'avais besoin.

— On dirait que c'est une simple étamine pour toi, dis-je. Pas un filet métallique censé résister aux attaques de prédateurs féroces.

— C'est parce que je suis peut-être le plus féroce d'entre eux.

— Ah oui ? Eh bien, mon féroce amour, si quelqu'un ose pointer une arme vers toi, je veux que tu prennes sa stupide tête et que tu la mettes là où le soleil ne brille jamais.

Il rit.

— Tu sais, Cassy, je peux littéralement faire exactement ce que tu viens de demander. Ce sera désordonné. Et ce ne sera pas joli. Mais je peux le faire, je peux leur enfoncer la tête dans le cul.

Je fis une grimace, ne doutant pas qu'il en était capable.

— Je dois faire attention à ce que je souhaite avec toi, puisque tu es si déterminé à réaliser tous mes vœux. Espérons simplement ne pas en arriver *là*. Parlons-leur d'abord, d'accord ?

Il n'avait pas l'air très optimiste, et mon cœur se serrait rien qu'à penser qu'il pourrait avoir raison. Mais je devais essayer.

— Prête ? demanda-t-il quand nous fûmes de l'autre côté du filet.

Je resserrai mes bras et mes jambes autour de lui, m'accrochant à son torse.

— Je le suis.

Il lâcha le mur et… s'élança. Il écarta ses bras comme des ailes, et ils prirent la forme d'ailes. Ils s'aplatirent et s'affinèrent, et en devenant plus larges, nous portèrent dans les airs.

Je ne savais pas jusqu'où pouvait-il vraiment voler, mais planer semblait facile pour lui, même alors que j'étais accrochée sur sa poitrine comme un bébé paresseux.

— Contourne le bâtiment principal.

Je tendis le cou pour apercevoir une partie du complexe en dessous de nous.

La dernière fois, je n'avais pas eu l'occasion de bien l'observer. La vue était magnifique de cette hauteur.

Le bâtiment principal était le plus élevé. Derrière lui se trouvait un groupe de bâtiments plus bas, peints en jaune joyeux. Ceux-ci abritaient l'hôpital et les quartiers du personnel. L'ensemble du complexe était entouré de jardins luxuriants.

Drapés de vignes fleuries, les murs massifs du complexe ne paraissaient pas aussi imposants dans cette partie. Ils reculaient, s'ouvrant sur un lieu qui ressemblait à une petite ville pittoresque avec des arbres, des sentiers de jardin, et des parterres débordant de fleurs de toutes formes et couleurs.

— C'est joli ici, dis-je, sans pouvoir m'empêcher d'admirer la vue. Comme il se doit, puisque c'est un hôpital. Les gens des lunes de Rimall viennent ici pour se faire soigner et récupérer.

— C'est la première fois que tu vois cette partie du complexe ?

— Oui. Je n'étais pas autorisée à quitter le bâtiment principal.

Avec ma permission temporaire de séjourner sur Rimall, mon autorisation était limitée, me permettant de me déplacer uniquement à l'intérieur et autour du bâtiment principal. Puisque j'étais officiellement employée par le professeur, j'avais également le droit de visiter l'aile hautement sécurisée où Maxx était détenu.

— Où on se dirige maintenant ? demanda-t-il en encerclant le bâtiment abritant le laboratoire et les bureaux de l'hôpital.

— Cette grande fenêtre ronde au coin, juste là, indiquai-je. Avec les fleurs violettes sur le rebord. Ce doit être la salle de travail du professeur. Il a demandé à ce que des fleurs violettes soient plantées sous sa fenêtre. Elles lui rappellent sa maison sur Ivodi.

Faisant un large virage dans les airs, Maxx descendit jusqu'au rebord sous la fenêtre et atterrit parmi les fleurs.

Je descendis de son dos et regardai à travers la fenêtre, les mains en visière de chaque côté de mon visage. La pièce spacieuse semblait vide. Il n'y avait personne aux nombreux postes de travail disposés dans toute la salle. Le petit coin salon avec ses chaises basses et ses tables était également inoccupé.

— Il n'est pas là, dis-je, déçue.

— Peut-être est-il allé déjeuner ? Et qu'il reviendra bientôt ?

Maxx essayait clairement de me remonter le moral.

À ma connaissance, le professeur Xez passait généralement la première moitié de la journée ici, dans sa salle de travail à l'hôpital. Plus tard dans l'après-midi, il m'accompagnait normalement pour voir Maxx. Mais là, c'était trop tôt pour le déjeuner.

— On peut attendre qu'il revienne, ajouta Maxx.

Attendre sur le rebord n'était pas prudent. Quelqu'un pourrait nous voir debout ici.

— Nous devrions au moins entrer. J'inspectai l'encadrement de la fenêtre. Je ne sais pas comment ouvrir ça...

Maxx tapa du coude contre la vitre. Juste une fois. Légèrement. Et le verre se brisa.

— Comme ça ? demanda-t-il en souriant.

— Eh bien, je suppose que oui...

Je grimpai à travers la fenêtre brisée dans la pièce. La facilité avec laquelle il l'avait cassée ne quittait pas mon esprit.

— Est-ce difficile pour toi de retenir ta force ?

Il haussa les épaules en me suivant à l'intérieur.

— Il suffit de déterminer quel niveau de puissance utiliser dans chaque situation. J'ai différents réglages.

J'enjambai le tas de verre sur le sol sous la fenêtre. Les éclats étaient si petits que certains semblaient presque pulvérisés.

— Je crois que tu as utilisé le mauvais *réglage* là, marmonnai-je.

Il jeta un regard indifférent sur les débris.

— C'est possible.

Le bruit étouffé d'un ventilateur qui se mettait en marche se fit entendre derrière la porte de gauche. D'un mouvement fluide, Maxx se plaça entre moi et la porte, pour me protéger. Ses oreilles tressaillirent, suivant chaque son imperceptible pour moi, puis s'aplatirent sur sa tête lorsque la porte s'ouvrit. Le professeur Xez entra, ajustant la fermeture de sa combinaison. En nous apercevant, il se figea, la main à mi-chemin devant son torse. À en juger par son apparence, il devait y avoir une salle de bain derrière cette porte.

— Cassidy.

Le professeur prononça mon prénom, mais son regard prudent se porta sur Maxx.

— Il ne vous fera pas de mal, dis-je rapidement.

Mes paroles ne semblèrent pas atténuer le malaise du professeur. Il déplaça son regard vers la fenêtre brisée, puis revint à Maxx.

— Nous voulons juste parler, assurai-je.

— Pouvons-nous avoir une minute de votre temps, s'il vous plaît ? demanda calmement Maxx. En tête-à-tête et de préférence sans donner l'alarme, si possible.

Le professeur s'assit prudemment sur le tabouret du poste de travail le plus proche.

— Promettez-vous de ne pas me faire de mal ?

Maxx déambula jusqu'au poste et ramassa un objet cylindrique brillant sur le long bureau étroit.

— Est-ce que vous avez respecté cela avec moi ?

Il appuya sur quelque chose et un groupe de longues aiguilles acérées surgit du cylindre, chacune pointant dans une direction différente. Je haletai, fixant l'outil à l'aspect sadique.

— Qu'est-ce que c'est ? Est-ce que vous... dis-je, en lançant un regard furieux au professeur. Est-ce que vous avez utilisé cette chose sur Maxx ?

L'homme se tortilla inconfortablement sur le tabouret.

— Je... Nous ne savions pas jusqu'à quel point il était capable de ressentir la douleur. Je suis désolé si certains des premiers tests ont pu être… euh, désagréables.

Mon estomac se noua, me donnant la nausée.

— Désagréables ? me moquai-je. Qu'avez-vous fait, professeur ! Vous ne m'avez jamais parlé de ce genre de *tests*.

Il s'agita maladroitement sous mon regard furieux.

— Je suis désolé. Vraiment. Dès que nous avons réalisé notre erreur, nous l'avons immédiatement corrigée. Nous sommes passés à des instruments et équipements moins intrusifs. Il a fallu plus de temps pour obtenir des résultats précis, mais…

Il passa son regard de Maxx à moi et vice versa.

— De quoi s'agit-il ? Cette visite ? Vous voulez vous venger ? Des excuses ?

Maxx grimaça de dégoût et jeta l'outil dans la poubelle sous la table. Je m'approchai de lui et posai une main sur son bras.

— Je n'en avais aucune idée…

Pas étonnant qu'il s'était montré si méfiant et réservé avec moi lors de mes visites. Comment pouvait-il me faire confiance alors que je travaillais pour son bourreau ?

— Je sais.

Il tapota ma main, puis reporta son attention sur le professeur.

— Je n'ai que faire de vos excuses. Ce n'est pas pour ça que je suis ici. Je m'intéresse davantage à l'avenir, qu'au passé.

Le professeur inclina la tête.

— Qu'en est-il de l'avenir ?

— Je souhaite en avoir un.

Maxx s'appuya contre la table avec sa hanche.

— Je veux vivre bien plus longtemps que quelques semaines.

Le professeur Xez s'éclaircit la gorge.

— Eh bien… euh, l'ordre de mise hors service pour la fin du projet a été retiré. Maintenant, vous devez être abattu à vue.

— Quoi ? m'exclamai-je en serrant plus fort le bras de Maxx.

— Bien sûr, dit-il sans paraître vraiment surpris.

Le professeur se frotta la nuque.

— Malheureusement, après votre évasion, le commandant Ossux a confirmé que vous étiez une menace pour le complexe et m'a retiré du processus de décision sur cette question. Mon projet a été annulé ce jour même. On m'a donné deux semaines pour terminer mon travail de laboratoire ici à l'hôpital et quitter Rimall.

Il leva les yeux vers Maxx.

— Je suis désolé, Maxx, mais je n'ai absolument plus aucune autorité dans votre cas. J'ai bien peur de ne rien pouvoir faire.

CHAPITRE 20

*L*a déception était totale. Notre situation était passée de mauvaise à terrible. Maxx n'était plus un sujet de recherche. Maintenant, il était considéré comme l'une des plus grandes menaces pour la base. Il était traqué.

Pour être abattu à vue.

Je frottai mes bras pour chasser le frisson d'effroi.

— On ne peut pas rester ici, alors.

Une ombre traversa la fenêtre, plongeant la pièce dans la pénombre. Je me retournai brusquement pour découvrir un énorme... *quelque chose* qui atterrissait sur le rebord de la fenêtre. C'était de couleur jaune moutarde. Long comme un serpent. Avec ce qui ressemblait à des centaines de pattes griffues de chaque côté de son corps.

Après avoir fait tomber les pots de fleurs du rebord, la créature passa son long bec à travers la fenêtre brisée et l'ouvrit, dévoilant sa langue, qui ressemblait à une lame dentelée. Un bruit fort et répugnant - similaire à celui que font les gens quand ils vomissent - déchira sa gorge.

Je clignai des yeux, me couvrant les oreilles de mes mains.

— C'est *quoi, ça* ?

Les alarmes retentirent avant que quiconque puisse me répondre.

— *Attention. Attention. Brèche du périmètre. Veuillez vous mettre à l'abri, verrouiller les portes et rester loin des fenêtres*, annonça la voix provenant des haut-parleurs sous le plafond.

Le professeur bondit sur ses pieds, envoyant son tabouret s'écraser au sol. La bête jaune s'infiltrait déjà dans la pièce. Son long corps se déversait par la fenêtre anneau après anneau gras et brillant, équipé de griffes.

— Restez en arrière. Maxx se plaça entre nous et la créature. Professeur, emmenez Cassy dans la salle de bain et verrouillez la porte. Restez-y jusqu'à ce qu'il n'y ait plus de danger...

Le monstre couleur moutarde frappa avec sa queue, ne le laissant pas finir sa phrase. Un faisceau de longues pointes courbées sur sa queue cliquetait de façon menaçante, avec un liquide jaune vif qui gouttait de leurs extrémités.

Maxx se baissa, bondissant sur le côté.

— Va-t'en, Cassy !

— Viens ! Le professeur me tira par le bras.

Mais je ne pouvais pas bouger. Le serpent-mille-pattes géant claqua son bec vers Maxx. Il lança un anneau de son corps par-dessus le sien, le piégeant dans la boucle épaisse et ondulante.

Il serra les dents. Ses épaules se tendirent, les veines gonflant sur ses tempes. Son visage s'allongea. Sa mâchoire s'élargit, des crocs apparurent. Son corps grandit, repoussant les anneaux du monstre. Sa combinaison se déchira, et des bouts de tissu tombèrent au sol. Avec un rugissement assourdissant, il prit sa forme bestiale.

Enfonçant ses dents dans la chair jaune qui le piégeait, il en arracha un morceau. La créature émit un cri perçant de douleur.

Ses anneaux se desserrèrent, mais pas pour longtemps. Claquant son bec et sa langue, elle prépara ses griffes pour une attaque.

La porte de la pièce s'ouvrit avec un sifflement.

— Reculez !

Le commandant Ossux se précipita dans la pièce, vêtu de son uniforme de combat complet, avec un casque noir et une plaque sur la poitrine. Il était suivi par ses hommes de sécurité, équipés de façon similaire. En plus des élégants fusils laser blancs, ils transportaient des filets, des chaînes et d'autres équipements qui ressemblaient plus à des pièges qu'à des armes.

— Tous les civils, évacuez la zone, ordonna le commandant, l'attention portée sur les deux bêtes enchevêtrées dans une bataille près de la fenêtre. Il fit ensuite un signe à ses hommes. Tirez pour tuer. Les deux.

Les deux ?

— Non ! criai-je.

Le commandant fronça les sourcils dans ma direction. Lorsqu'il me reconnut, ses yeux violets brillèrent et son expression devint lasse.

— Vous !

Il agissait comme si j'avais rendu sa vie beaucoup plus difficile depuis mon apparition dans sa base parfaitement sécurisée. Sauf que ce n'était pas mon choix d'être enlevée et traînée ici depuis la Terre.

— S'il vous plaît, ne tirez pas sur Maxx, suppliai-je, pressant mes mains contre ma poitrine.

Le froncement de sourcils du commandant s'accentua alors qu'il déplaçait son regard lourd de moi vers le professeur.

— Lequel d'entre vous le contrôle ? demanda-t-il.

— Personne, ricanai-je. Maxx se contrôle parfaitement tout seul.

— Eh bien, dans ce cas, quittez la pièce et laissez mon unité s'en occuper. Il fit un geste vers les bêtes grondantes enchevêtrées près de la fenêtre.

Les hommes du commandant s'approchèrent, nous poussant hors de leur chemin. L'un d'eux dirigea le professeur vers la sortie. J'esquivai les mains des Ivodiens qui essayaient de m'arrêter, et me précipitai vers le commandant. Il leva son arme.

— Laissez Maxx tranquille ! Je poussai ses bras, lui faisant perdre de vue sa cible. Ce n'est pas un animal ou une bête sauvage sur laquelle tirer.

Avec des rugissements féroces, Maxx déchirait la chair du serpent-monstre. Son sang rouge foncé éclaboussait les murs blancs de la pièce.

La scène ne soutenait pas exactement mes affirmations, mais j'insistai :

— Maxx est un être intelligent, capable de ressentir des émotions, d'apprendre et de comprendre.

Le commandant souffla, exaspéré, en me regardant avec colère.

— Pourquoi êtes-vous ici ?

— Pour donner une chance à Maxx ! criai-je par-dessus le bruit et les grognements du combat. Vous ne pouvez pas le tuer de sang-froid. Tout ce qu'il veut, c'est qu'on lui permette d'exister. Ma voix tremblait. Les larmes m'étouffaient.

Le serpent-monstre frappa les lourds anneaux de son corps contre le sol. Le commandant recula une épaule, comme pour me repousser, puis leva à nouveau son fusil laser.

La panique monta dans ma gorge. Il lui faudrait moins d'une seconde pour appuyer sur la gâchette. Alors que j'avais besoin de quelques minutes pour plaider notre cause et être entendue.

— S'il vous plaît…

Maxx bondit, les boucles du serpent se détachèrent de lui. Il atterrit à quatre pattes devant le commandant. Maxx retroussa ses lèvres, dévoilant ses longues dents tranchantes comme des poignards.

Il était tellement plus fort et plus rapide que n'importe lequel de ces hommes. Ils ne savaient pas à quoi ils avaient affaire. Il pouvait les disperser comme un tas de soldats de plomb. Il pouvait leur trancher la gorge avant même qu'ils ne se rendent compte de ce qui leur arrivait.

Mais il restait simplement là, ses trois queues oscillant en signe d'avertissement derrière lui. Puis, le contour de son corps changea. Ses traits se transformèrent à nouveau en visage humain. Il se tint droit, regardant directement dans le canon de l'arme du commandant. C'était un homme, plus une bête.

— Je n'ai pas d'armes. Maxx leva les mains, paumes tournées vers le commandant. Ses mains étaient pourtant des armes à elles seules. Mais la vue de ses paumes nues renforçait son message. Je ne vais pas vous combattre. Tirez si vous le devez.

— Non… gémis-je, serrant mes mains devant moi si fort que mes ongles s'enfoncèrent dans ma peau.

Le commandant s'arrêta. J'avais peur de bouger, de respirer, essayant de lire ses pensées dans ses traits sévères et burinés.

Il était formé pour tuer des prédateurs sauvages afin de protéger des vies. Mais il ne faisait plus face à une bête sauvage maintenant. Il regardait au bout du canon de son arme le visage d'un homme nu et désarmé qui parlait calmement et n'attaquait personne. Un homme qui venait de combattre une créature dangereuse, protégeant la base. L'homme qui avait combattu du même côté que le commandant.

J'espérais que c'était ce à quoi le commandant Ossux réfléchissait. Je priais pour qu'il voie Maxx pour ce qu'il pouvait vraiment être : un allié.

Le serpent-monstre leva sa tête derrière Maxx et ouvrit son bec avec un sifflement. Sa langue se déploya, comme une lame de scie flexible.

Le commandant Ossux releva brusquement son arme. Avec un flash brillant, le rayon laser passa au-dessus de l'épaule de

Maxx et brûla la langue de la bête. Le serpent se replia vers la fenêtre et agita sa queue.

Les longues pointes se détachèrent de l'extrémité de sa queue. Projetées à travers la pièce, elles volèrent vers le commandant.

En sautant haut, Maxx tourbillonna dans les airs, gracieux comme un danseur. Ses queues fouettèrent l'air, lui donnant de l'élan et une direction. Il s'étira et les pointes se fichèrent dans son bras et son épaule. Le liquide jaune coula le long de sa peau et de sa fourrure en laissant des sillons noirs et calcinés.

Il atterrit sur ses pieds, mais ses genoux cédèrent alors que son visage se déformait de douleur.

— Maxx ! Je courus vers lui.

Plusieurs queues fines d'Ivodien claquèrent autour de mes bras, de mes jambes et de ma taille, m'empêchant de l'atteindre.

— Le poison vous tuera au moindre contact, avertit le commandant, me tenant fermement dans le piège de ses sept queues.

Il arracha sa cuirasse. Quelques gouttes du liquide jaune avaient brûlé des sillons dans le métal dur et le plastique indestructible de son armure. Une partie du liquide traversa toute la plaque qu'il tenait dans sa main, son bras tendu pour l'éloigner de nous.

— Mais qu'en est-il de Maxx ? Je tirai sur les queues du commandant. Mais il me tenait fermement.

Avec Maxx hors de danger, les hommes du commandant ouvrirent le feu sur le serpent-monstre, le chassant vers la fenêtre. Ensanglantée et affaiblie, la créature avait perdu de sa férocité. Elle grimpa par-dessus le rebord de la fenêtre, ses griffes glissant et trébuchant sur son chemin.

— Achevez-la, ordonna le commandant, et ses hommes sortirent de la pièce à la poursuite du prédateur à l'extérieur.

Maxx gisait sur le sol, appuyé sur son coude gauche. Une

douzaine de longues pointes noires au moins dépassaient de son bras droit et de son épaule. Le poison rongeait sa chair.

— Maxx, tu peux lutter contre le poison, n'est-ce pas ? dis-je à travers mes larmes. Tu as déjà été piqué par des choses désagréables avant.

— C'est bien trop de poison pour qu'il puisse s'en débarrasser tout seul. Le professeur s'approcha, s'éloignant de la porte.

Maxx tendit la main vers une pointe.

— N'y touchez pas, ordonna le commandant d'une voix grave qui l'arrêta.

L'angoisse me déchirait à la vue de Maxx allongé là, seul. Son visage pâlit. Les doigts de sa main blessée tremblaient. Il était peut-être un être supérieur, mais il souffrait clairement. Il y avait du monde dans la pièce, mais personne n'allait vers lui.

— Quelqu'un peut-il l'aider ? S'il vous plaît ! criai-je, tirant frénétiquement contre les queues du commandant qui me retenaient prisonnière.

— Puis-je ? Le professeur Xez contourna le commandant.

Il portait une paire de gants métalliques flexibles et transportait un conteneur rectangulaire dans une main. Il contourna soigneusement les gouttelettes de poison sur le sol à côté de Maxx. Elles avaient déjà créé de petits trous dans le tapis en plastique et laissé des marques noires dans le matériau dur en dessous.

Mon cœur se mit à battre plus fort, plein d'espoir.

— Pouvez-vous faire quelque chose ?

Le professeur s'agenouilla à côté de Maxx.

— Je vais essayer.

De la boîte, il sortit un cylindre avec une buse, puis pulvérisa un liquide bleuâtre sur le bras et l'épaule de Maxx. Au contact du poison des pointes, le liquide moussa.

— Est-ce l'antidote ? demandai-je anxieusement.

— Quelque chose comme ça. Il neutralise le poison, et empêche d'autres dommages.

Il pulvérisa aussi le produit chimique sur le sol abîmé.

— S'il vous plaît, ne le gaspillez pas, gémis-je.

Le professeur haussa un sourcil vers moi.

— Mais nous ne voulons pas que le poison traverse le sol jusqu'à l'étage inférieur.

— Nous ne voulons pas qu'il ronge mon Maxx ! criai-je, ma patience ne tenant plus qu'à un fil très mince.

— J'en ai suffisamment pour le traiter aussi, m'assura calmement le professeur.

Sous le poste de travail le plus proche, il tira un seau rempli de morceaux de tissu blanc lisse. Il pulvérisa le liquide bleu sur le tissu, puis saisit l'une des pointes enfoncées dans le bras de Maxx avec celui-ci.

— Ça va faire mal, prévint-il.

— Je m'en doutais, lâcha Maxx entre ses dents serrées. Sa voix était étranglée, il avait clairement du mal à respirer, mais il restait éveillé et alerte.

Il resta immobile, grimaçant légèrement et émettant un petit son guttural lorsque le professeur Xez arracha la première pointe de sa chair. Le poison jaune vif gouttait de l'extrémité. Le professeur l'attrapa avec le tissu blanc qui vira rapidement au noir en absorbant le poison. Il plaça ensuite la pointe dans la boîte rectangulaire où il avait rangé le cylindre de spray auparavant.

— Pourriez-vous me passer cette poubelle là-bas, s'il vous plaît ? demanda-t-il au commandant.

Le commandant poussa la poubelle qui était sous une autre table plus près du professeur. Il regarda le tissu noir que le professeur jetait dans la poubelle, puis la pointe dans la boîte.

— Cette quantité de poison suffirait à tuer toute mon unité. Les yeux du commandant se concentrèrent sur le bras mutilé du pauvre Maxx.

— Maxx est plus résistant que vous tous, dis-je au commandant, gardant mes yeux rivés sur les mains du professeur alors qu'il retirait une autre pointe du corps de Maxx. Très peu de choses peuvent lui faire mal. Je me tournai pour faire face au commandant, affrontant directement son regard. Il serait un atout formidable dans n'importe quelle équipe, et particulièrement sur une planète comme Rimall.

Les yeux du commandant se rétrécirent.

— Où avez-vous passé la nuit ? demanda-t-il.

— Dans une grotte dans la forêt. Avez-vous déjà passé une nuit en dehors de la base, commandant ? Seul ? Sans rien d'autre que les vêtements que vous portez ?

Il étira son cou d'un côté, mais ne répondit pas.

Je continuai :

Et que diriez-vous d'être coincé là-bas avec une femme humaine à vos côtés ? Quelqu'un qui a besoin d'une protection constante contre tous les monstres de cette jungle sauvage ? Pourriez-vous la garder en sécurité jusqu'au matin ? Sans une seule égratignure sur son corps impuissant et sans défense ? Je fis un geste vers mon corps du mieux que je pouvais avec l'une de ses queues enroulées étroitement autour de mon poignet.

Maxx bougea, un léger sourire étirant ses lèvres pâlies.

— Tu n'étais pas si impuissante, Cassy. Tu t'en es très bien sortie.

Malgré la situation, une chaleur se répandit dans ma poitrine à ces propos.

— Tu es juste gentil parce que tu m'aimes bien, Maxx. Je sais que j'étais difficile à gérer.

Le professeur Xez retira une autre pointe et la jeta dans la boîte.

— Avez-vous apprécié la compagnie de Cassidy dans la jungle, Maxx ?

La question semblait désinvolte, et même aléatoire. Mais

d'après ce que je savais du professeur, il l'avait posée pour une raison précise.

Maxx me regarda. Un œil vert, un bleu. Les deux brillaient de tant de chaleur et de tendresse, que même le voile de douleur ne pouvait pas le cacher.

— Je l'emmènerai partout avec moi, dit-il. Partout où elle acceptera de me suivre.

Le professeur étudia le visage de son ancien sujet pendant une longue seconde.

— Maxx tient à moi, expliquai-je. De tout son cœur.

Le professeur semblait dubitatif.

— Il n'a pas de cœur. Ces unités n'ont pas été conçues avec un cœur. Il a trois systèmes…

Je l'interrompis en tapant du pied, puisque mes bras étaient efficacement attachés par les queues du commandant.

— Arrêtez de le disséquer, professeur. Pour une fois, regardez-le comme une personne, et non comme un sujet d'étude. Un homme peut avoir un cœur sans posséder l'organe réel, tout comme certaines personnes avec des cœurs battants dans leur poitrine peuvent être totalement sans cœur. Maxx a un cœur si grand qu'il a créé un battement de cœur, juste pour moi. Il tient à moi. Pourquoi est-ce si difficile à accepter ?

Le professeur sembla réfléchir à mes paroles tout en retirant d'autres pointes de la chair de Maxx.

Mais le commandant ricana.

— Prendre soin de quelqu'un n'est pas dans la programmation de cette unité.

Je serrai les dents, me forçant à compter jusqu'à dix avant de dire quelque chose que je pourrais regretter.

Sans quitter son travail des yeux, le professeur observa tranquillement :

— Nous avons constaté que sa programmation de base était gravement compromise, commandant.

Je me souvins que Maxx avait dit quelque chose sur l'IA du vaisseau « hanté », qui se plaignait de la même chose, aussi.

— C'est vrai, les unités de cette série ont été programmées comme des machines à tuer brutales, poursuivit le professeur. Mais elles ont été conçues avec une composante d'IA. IA signifie *intelligence* artificielle. Leurs créateurs ne pouvaient pas prédire toutes les situations complexes et dangereuses dans lesquelles leurs super soldats pourraient se retrouver à l'avenir. En conséquence, ils ont dû les rendre capables de « penser » par eux-mêmes, d'apprendre de nouvelles choses, d'évaluer les problèmes et de trouver des solutions par eux-mêmes.

Maxx était capable de tout cela et plus encore. Ses actions et sa logique ne différaient pas de celles de n'importe quelle autre personne. Pour moi, c'*était* une personne.

— Donc, alors que la programmation de base restait la même, continua le professeur, elle devait être renforcée pendant les étapes de développement ultérieures de l'unité. L'installer n'était pas suffisant, elle devait aussi être enseignée.

— Comme élever un enfant ? demandai-je.

Le professeur inclina la tête.

— C'est ça. Donc, alors que la nature de Maxx restait celle d'une machine à tuer impitoyable de sang-froid, son éducation n'a pas réussi à renforcer ça en lui. Au lieu de cela, quelque chose d'autre a eu un effet profond sur son développement. Il croisa mon regard. Son amitié avec toi est devenue le facteur le plus déterminant dans son apprentissage. Au lieu de développer ses capacités tactiques, de calculer des stratégies de combat et de trouver les moyens les plus efficaces de tuer, Maxx a fini par apprendre à prendre soin d'un autre être. Il a été exposé à la culture humaine et à ses valeurs fondamentales. Il a été élevé dans une unité familiale, au lieu d'un laboratoirc. Tout cela a eu des conséquences.

Des conséquences *délicieuses*, à mon avis, si cela avait abouti à l'homme que Maxx était devenu. Mon regard croisa celui de Maxx, et ma poitrine se remplit d'amour et de fierté pour lui.

Le professeur finit d'extraire les pointes et pulvérisa plus de liquide bleu sur la chair mutilée du bras et de l'épaule de Maxx.

— Puis-je m'approcher ? suppliai-je.

Le professeur hocha la tête.

— Ne touchez simplement pas encore la zone affectée. Il mit un tissu blanc propre sur les blessures de Maxx et le tissu noircit rapidement. Le poison est toujours présent.

Je tirai impatiemment sur les anneaux des queues du commandant enroulés autour de moi. Il desserra enfin son emprise sur moi. Je secouai ses queues et me précipitai vers Maxx.

— Hé. Je m'assis sur le sol et plaçai sa tête sur mes genoux.

— Oooh, c'est agréable. Il souffla lentement, puis ferma les yeux avec un sourire.

Je passai mes doigts à travers la fourrure sur sa tête et son cou. J'embrassai le bout pointu de son oreille, et il la bougea, la frottant doucement contre mes lèvres.

— Puisque Maxx n'est pas différent de n'importe quelle autre personne maintenant, dis-je, m'adressant principalement au commandant, puisque tout dépendait de lui à ce stade. Il pourrait vivre le reste de sa vie comme ça, n'est-ce pas ?

La mâchoire du commandant se contracta. Sa bouche se transforma en une ligne dure.

— Cette unité de combat n'obéit pas à sa programmation de base. Cela pourrait signifier qu'il n'est pas seulement dangereux, mais imprévisible.

— Ne sommes-nous pas tous imprévisibles à un certain degré ? demandai-je. Pouvez-vous garantir le comportement d'une personne à cent pour cent en tout temps ?

— Non. Mais je ne cours pas le même risque avec une *personne*. Si l'un de mes hommes se fait piquer par une plante *elears*, par exemple, et devient fou à cause de la folie *elears*, il y a des chances que nous l'arrêtions et le traitions avant qu'il ne cause trop de dégâts. Un cyborg, par contre, raserait cette base jusqu'aux fondations et nous tuerait tous à l'intérieur.

— Non, il ne le fera pas. À moins que les toxines des *elears* ne soient aussi corrosives que celle-ci, montrai-je les blessures de Maxx, il repousserait simplement le poison de son corps, guérirait le site de la piqûre et continuerait sa journée. Vous ne sauriez même pas qu'il a été piqué.

Le commandant regarda le professeur pour confirmation.

— Ce serait le résultat le plus probable dans ce scénario pour Maxx, confirma le professeur en hochant la tête, appliquant un pansement propre sur les blessures de Maxx. Cette fois, le tissu ne changea pas de couleur. Le poison avait enfin été complètement neutralisé. Comment te sens-tu ? demanda-t-il à Maxx.

— Bien. Maxx bougea son épaule avec une légère grimace.

— Peut-il avoir un analgésique, s'il vous plaît ? demandai-je.

— Un analgésique ? Le professeur cligna des yeux. En as-tu vraiment besoin ?

— Bien sûr qu'il en a besoin, dis-je avant que Maxx ne puisse répondre. Ça fait mal. Pourquoi le laisser souffrir si vous pouvez atténuer la douleur ? S'il vous plaît, donnez-lui quelque chose.

— D'accord. Le professeur haussa les épaules en se levant.

Ramassant sa cuirasse endommagée, le commandant examina les trous à travers celle-ci. Je l'observai attentivement, mon cœur battant d'espoir.

— Il vous a sauvé la vie aujourd'hui, dis-je.

— Alors que j'avais mon arme pointée sur lui.

Il jeta un coup d'œil à Maxx.

— Exactement. Quelle autre preuve vous faut-il ?

Il se frotta le menton, ne disant rien. Maxx l'observait attentivement. Même sa poitrine s'immobilisa et sa respiration s'arrêta.

— Donnez-moi une chance, commandant, dit-il doucement. Je vous promets que vous ne le regretterez pas.

Le professeur revint avec une seringue.

— Un analgésique, expliqua-t-il avant d'injecter le médicament dans le bras de Maxx.

Maxx ne tressaillit même pas lorsque l'aiguille s'enfonça dans sa chair. Son attention resta sur l'homme qui tenait son destin entre ses mains.

— Que feriez-vous si vous aviez toute une vie devant vous ? demanda le commandant Ossux.

Un sourire s'étira aux coins de la bouche de Maxx.

— Je la vivrais. Comme n'importe qui d'autre. Je passerais ma vie avec la femme que j'aime. Je fonderais une famille avec elle. J'aurais un travail. Je me ferais des amis. Et je profiterais du soleil. Son sourire disparut alors qu'il rencontra les yeux du commandant. Je protégerai toujours ceux que j'aime, et croyez-moi, je ne trouve aucune joie dans la violence.

Le professeur mit la seringue vide de côté.

— J'ai déjà envoyé mon rapport à Ivodi. Mais j'y ajouterai mon analyse de l'incident d'aujourd'hui.

Le commandant se déplaça sur son autre pied. Ses queues ondulaient frénétiquement derrière lui, me faisant me demander comment elles ne faisaient pas de nœuds avec toute cette activité.

— J'écrirai aussi mon évaluation, dit-il finalement à Maxx. J'enverrai également une recommandation pour vous permettre de rejoindre mon équipe. Clairement, vos capacités peuvent être utiles ici. (J'inspirai, n'osant pas croire que les choses pourraient s'améliorer ainsi pour nous.) Il leva un doigt pour souligner la suite. À titre *probatoire*. Pendant les trois premiers mois, votre comportement sera étroitement surveillé et évalué quotidiennement.

Maxx sourit largement.

— Merci, Commandant. Comme je l'ai dit, vous ne le regretterez pas.

Le soulagement inonda mes veines de picotements chauds alors que la tension s'évacuait de mon corps et de mon âme.

Maxx allait vivre.

— Merci, soufflai-je. Merci beaucoup.

J'étreignis la tête de Maxx, couvrant son visage souriant de baisers.

Le commandant émit un grognement face à notre gratitude, en se balançant sur ses talons.

— La décision concernant votre statut d'immigration devra être prise par les autorités compétentes sur Ivodi, avertit-il. Mais je soumettrai tous les documents nécessaires. Il fit glisser un disque d'un étui sur sa manche. En tant que personne, vous auriez besoin d'une identification appropriée. Dois-je soumettre *Maxx* comme votre prénom ?

Maxx hocha la tête.

Le commandant entra des notes dans son disque.

— Et votre nom de famille ?

— Davies, dis-je rapidement. Il avait grandi dans ma famille. Ce devrait être son nom de famille depuis le début.

Le commandant leva les yeux de son disque.

— Souhaitez-vous être enregistrés comme officiellement apparentés ?

— Non. Je pâlis. Maxx et moi avions grandi ensemble, mais cela ne faisait pas de nous des frère et sœur ou autre genre de parenté. Nous ne sommes pas vraiment apparentés.

— Pas encore, dit Maxx, m'adressant un grand sourire. Mais nous le serons. Si Cassy accepte.

Mes joues se réchauffèrent. Me faisait-il sa demande ? Ici ? Maintenant ?

— Suis-je la femme que tu aimes ? demandai-je, me souvenant de ce qu'il venait de dire au commandant à propos de ses projets pour l'avenir. Celle avec qui tu veux fonder une famille ?

Il leva la main et caressa doucement mon visage.

— Il n'y en a pas d'autres, Cassy. Il n'y en a jamais eu. Il n'y en aura jamais.

CHAPITRE 21

— Comment te sens-tu ? demandai-je en guidant Maxx dans le couloir vers mon appartement dans le bâtiment principal du complexe.

— En très grande forme, répondit-il avec un sourire. Il n'avait pas arrêté de sourire depuis… eh bien, depuis qu'il avait obtenu cette seconde chance de vivre.

— Tu es sûr ? J'observai son bras droit et son épaule, qui ressemblaient à une immense plaie, la chair carbonisée et déformée. Le professeur avait appliqué généreusement du gel cicatrisant. Il s'était solidifié en un pansement transparent flexible, remplaçant temporairement la peau endommagée.

— Certain. Maxx leva son bras droit et le bougea. Tu vois ? Ça guérit déjà.

Je secouai la tête, pas vraiment convaincue.

— Ce doit être simplement les analgésiques qui font effet.

— Ça aussi, admit-il en embrassant le bout de mon nez. Merci pour ça, d'ailleurs.

— Je n'arrive pas à croire que le professeur n'ait pas pensé à t'en donner lui-même.

Il haussa les épaules.

— La douleur n'était pas si terrible.

J'avais du mal à le croire.

— Tu étais allongé par terre, Maxx.

Son sourire devint espiègle.

— Oui, mais tu me caressais derrière les oreilles. C'était tellement bon que je ne voulais pas me lever.

Je m'arrêtai devant la porte de mon appartement et lui lançai un regard.

— Tu es capable de tout pour qu'on te gratte le ventre ou derrière les oreilles !

Il rit.

— Je ferais n'importe quoi, tant que c'est toi qui me caresses et me grattes.

Je secouai la tête, mais ne pus m'empêcher de sourire en le laissant entrer.

— L'appartement est petit, dis-je, un peu gênée. C'était censé être temporaire.

Avant de quitter le bâtiment hospitalier, le professeur avait mentionné que notre demande pour une résidence à long terme, Maxx et moi, avait été approuvée, nous pouvions donc bientôt déménager dans l'une de ces charmantes maisons du personnel de l'autre côté du complexe.

Maxx jeta un rapide coup d'œil à l'appartement.

— C'est parfait, dit-il en m'entourant de ses bras et en me rapprochant de lui. Peu importe l'endroit où je suis, tant que c'est avec toi.

— Moi aussi, Maxx. Je fermai les yeux et enfouis mon visage contre son torse. Je n'arrivais pas à croire qu'il était de nouveau avec moi. Et cette fois, il était là pour de bon.

Je l'enlaçai, promettant dans mon cœur de ne jamais le laisser partir.

TROIS MOIS PLUS TARD.

— Il est temps de se lever, marmotte. Un baiser atterrit sur ma joue, suivi d'un autre sur mon nez, puis d'un autre sur mon épaule nue. C'est le jour du déménagement, tu te souviens ?

Ah, oui ! Nous déménagions aujourd'hui. Maxx avait passé sa période d'essai sans une seule plainte ou mesure disciplinaire contre lui. Tous les papiers officiels étaient finalisés. Son emploi était devenu permanent, et nous avions été autorisés à nous installer dans un endroit beaucoup plus grand dans la section des employés du complexe.

J'avais également pu transférer mes études dans une université sur Ivodi, que je pouvais maintenant suivre à distance, combinée avec la pratique à l'hôpital de Rimall. Ils avaient besoin d'infirmières ici plus que partout ailleurs. Et on m'avait aussi promis un poste permanent. Ce qui était pratique, puisque le sujet de mes études était également passé de la médecine humaine à celle ivodienne.

Maxx déposa un autre baiser directement sur mes lèvres.

— Le petit-déjeuner est prêt.

Je pris une longue inspiration. L'air était rempli des arômes appétissants de café et de viennoiseries fraîches.

— Tu as fait de la pâtisserie ? Encore ? Je m'étirai en ouvrant les yeux.

Le visage de l'homme de mes rêves apparut juste devant moi. Je savais qu'il était réel, mais j'avais toujours l'impression de rêver chaque matin.

— Tu n'arrêtes pas de me faire manger, murmurai-je en le tirant vers moi pour un autre baiser.

Il s'exécuta, m'embrassant doucement.

— Tu m'as nourri pendant des années. C'est mon tour maintenant. Il frotta son nez contre mon cou.

Je gloussai tandis que sa fourrure me chatouillait le menton.

— Je te nourrissais de croquettes et de friandises malodorantes pour chien. Et toi, tu me prépares des repas gastronomiques tous les jours. Ce n'est pas la même chose.

Il rit avant d'embrasser mon cou. Ses mains étaient posées sur l'oreiller de chaque côté de ma tête. Mais ses queues… Ses queues étaient partout.

L'une d'elles se glissa sous les couvertures, caressant mes jambes nues. L'autre souleva ma chemise de nuit, la remontant au-delà de ma poitrine. Et la troisième caressait ma peau exposée depuis mon genou, remontant le long de mon ventre, puis autour de mes seins.

La fourrure longue et soyeuse de ses queues caressait ma peau comme les plumes les plus légères. Des picotements chauds de plaisir traversèrent mon corps, réchauffant mon sang.

Il fit tournoyer le bout de sa queue sur mes seins, faisant durcir mes mamelons. Le bout de son autre queue se glissa entre mes cuisses. La caresse douce de la fourrure contre la peau sensible de l'intérieur de mes cuisses me fit gémir de plaisir.

— Un café ? Il releva la tête, faisant mine de sortir du lit.

— N'ose même pas y penser. J'enroulai une jambe autour de ses hanches, le gardant exactement là où j'avais besoin de lui ; au-dessus de moi. Tu ne pars pas, pas même une seconde. Le café peut attendre.

Une lueur brilla dans ses yeux m'informant que c'était aussi l'option qu'il préférait. Il me débarrassa de ma chemise de nuit, et je débouclai son pantalon. Il ne portait pas de chemise, ce qui rendait les choses plus faciles. Je fis courir mes mains sur les carrés durs de ses abdominaux et passai mes doigts dans la fourrure longue et soyeuse de son cou et de son torse.

Il libéra ses jambes de son pantalon et se débarrassa des chaussures souples qu'il portait, puis grimpa au-dessus de moi.

— Le café peut attendre, répéta-t-il d'une voix rauque, puis il baissa la tête, faisant glisser sa langue sur mon mamelon durci.

J'agrippai sa tête, mon sang circulait plus rapidement dans mes veines. Une de ses queues s'activait entre mes cuisses, et j'écartai davantage les jambes en signe d'invitation. Ses sexes bougeaient contre ma peau, tous les trois durs et impatients.

— Prends-moi, Maxx, gémis-je avec impatience.

Il grogna contre mon sein. D'un bras autour de ma taille, il me fit basculer. Je soulevai mes fesses pour lui, les agitant avec empressement.

— Viens ici. Il saisit mes hanches et me tira vers lui. Avec sa main entre mes omoplates, il pressa mon buste contre le matelas.

Je tournai la tête sur le côté, mes seins écrasés contre la surface moelleuse. L'excitation bourdonnait en moi. Le désir pulsait douloureusement entre mes cuisses.

— S'il te plaît, Maxx... Je le suppliai, et il glissa un doigt en moi.

— C'est ici que tu me veux ? demanda-t-il malicieusement, faisant tournoyer son doigt pour caresser mes parois inté-rieures.

— Oui... soufflai-je.

— Et que dirais-tu d'ici ? Il retira son doigt et le fit glisser de l'avant vers l'arrière. Il encercla ma fente arrière.

— Oh... Je... Nous n'avions pas encore fait ça. Mais j'avais envie d'essayer.

Un léger frisson d'appréhension s'ajouta à mon excitation.

Maxx se pencha sur mon dos, embrassant le pourtour de mon oreille.

— Où me veux-tu, ma chérie ?

— Partout, soufflai-je. Je te veux partout.

Il mordilla mon oreille.

— Qu'il en soit ainsi.

Un de ses sexes s'inséra doucement en moi. Je gémis en

sentant son glissement fluide contre mes parois intérieures. Un autre poussa doucement entre mes fesses. Je me crispai, et il fit s'enrouler le troisième contre mon clitoris.

— Dis-moi si tu veux que j'arrête. Il frotta doucement. La pression pulsait plus intensément entre mes jambes, suppliant pour une libération.

— Oh non, n'arrête pas. S'il te plaît... Je balançai mes hanches contre lui, suivant son rythme.

Perdue dans la vague chaude de plaisir, qui me submergeait le corps, je remarquai à peine son intrusion par l'arrière. Mais la sensation d'être incroyablement remplie était tonifiante. Deux de ses sexes étaient en moi, pourtant séparés, me rendant folle de plaisir. Le troisième restait à l'extérieur, caressant et frottant mon clitoris.

— Oh, mon Dieu... haletai-je. Pourquoi n'avons-nous jamais fait ça avant ?

— Parce que je craignais que tu ne fasses sauter tous mes circuits comme ça, gémit-il. Comme tu es sur le point de le faire maintenant... Cassy, tu es tellement bonne.

Il me tira vers lui, s'enfonçant plus profondément en moi. Mes seins frottaient contre le drap, taquinant mes mamelons. Je serrai les couvertures tandis qu'il me martelait fort.

Se penchant sur mon dos, il couvrit mes mains des siennes, et j'entrelaçai nos doigts, le maintenant dans cette position.

— Cassy, ma douce, supplia-t-il. Je dois me retirer. Je vais jouir...

— Reste. Je fléchis mes doigts, le maintenant en place.

Il avait été conçu pour se reproduire à tout prix. La seule façon d'éviter cela était de garder son matériel génétique hors de mon corps. Mais je ne souhaitais plus l'éviter ou le tenir à l'écart.

— Je prends la pilule, dis-je en caressant ses mains avec mes pouces. Jusqu'à ce que j'arrête, ton truc va simplement rester à l'intérieur de moi, n'est-ce pas ?

Il embrassa mon épaule.

— Mais, si la contraception échoue ?

— Alors elle échouera. Et nous aurons un bébé.

Il fit une pause.

— C'est ce que tu veux ? Avoir un bébé avec moi ?

— Oh, Maxx… Ce n'était peut-être pas le moment ni la position pour avoir cette conversation, mais c'était trop bon pour en changer. Je voulais tous ses sexes exactement là où ils étaient, caressant tous mes points de plaisir à l'intérieur comme à l'extérieur. Je veux tout avec toi. Je t'aime. Depuis toujours.

— Je t'aime aussi, Cassy, dit-il doucement, bougeant en moi plus rapidement. Seulement toi.

Le plaisir brûlait plus intensément. Je haletai tandis que l'orgasme me traversait avec des spasmes bienheureux.

Avec un rugissement étranglé, Maxx sursauta sur moi. Ses mains bougèrent. De longues griffes jaillirent de ses doigts, perçant le drap et s'enfonçant dans le matelas. Il rugit plus fort, poussant ses hanches en moi. Je sentis une chaleur à l'intérieur de moi. La sensation se répandit à travers mon bas-ventre, picotant et pulsant. Avec à peine un moment d'intervalle, un second orgasme explosa en moi, encore plus intense que le premier.

Je gémis sauvagement à travers les vagues de plaisir qui me secouaient. Le corps de Maxx se détendit sur le mien pendant un moment, puis il m'enlaça et nous fit rouler sur le côté.

— Tu t'es transformé ? demandai-je alors que nous reprenions tous deux notre souffle.

Il pressa ses lèvres contre mon épaule, me tenant serrée, mon dos contre sa poitrine.

— Je… je ne m'en souviens pas.

Je pris sa main, apercevant ses griffes juste au moment où elles disparaissaient complètement.

— On dirait que si. Au moins partiellement. Et tu ne t'en souviens pas ? Je me tournai dans ses bras pour lui faire face.

Un énorme sourire satisfait s'étendit sur ses lèvres.

— C'était tellement bon, Cassy, que j'ai peut-être perdu connaissance un instant. Tout ce dont je me souviens, c'est d'un plaisir pur et… de toi.

Il embrassa mes cheveux, qui n'étaient plus maintenus dans ma queue de cheval, mais s'étaient éparpillés sur ma tête, à cause de lui.

Une ombre d'inquiétude traversa son beau visage.

— Je t'ai fait peur ?

— Non. Je secouai la tête en souriant. C'était en fait plus excitant qu'effrayant. Peut-être… J'enroulai un doigt dans la fourrure sur sa poitrine. Peut-être pourrais-tu le refaire un jour ?

Il arqua un sourcil.

— Tu veux que je me transforme ?

— Serait-ce quelque chose que *tu* voudrais ? demandai-je avec hésitation.

Ses yeux brillèrent d'excitation, plein de promesses.

— Eh bien, si ma forme bestiale ne te fait pas peur…

Je posai un baiser sur ses lèvres.

— Aucune de tes formes ne me fait peur, Maxx. Je les aime toutes. Chacune. D'entre. Elles. Je ponctuai mes mots de plus de baisers.

Il rit joyeusement.

— Viens ici, toi. Il me serra dans ses bras.

Je me détendis, mon corps s'adaptait si parfaitement au sien.

Il enfouit son visage dans mes cheveux.

— Tu es ma maison, Cassy. La seule maison que j'ai jamais eue.

ÉPILOGUE

— Tu vas bien ? Tu as besoin d'aide ? Je m'agitais autour de Maxx pendant qu'il empilait nos bagages sur deux chariots au spatioport.

— Ça va. Promis. Il rit doucement, poussant sans effort les deux chariots à travers la foule en direction du hall où les voyageurs interplanétaires étaient accueillis par leurs proches.

Je devais admettre que j'avais peut-être emporté un peu trop de valises, en les voyant toutes osciller dangereusement les unes sur les autres. Mais ce n'était pas tous les jours qu'on voyageait vers la Terre. C'était notre premier retour à la maison depuis que Maxx et moi avions été enlevés par l'IA.

J'avais apporté des cadeaux pour tout le monde - des échantillons de nourriture ivodienne non périssable pour que mes amis et ma famille puissent les goûter, des vêtements, des bijoux fantaisie, et des souvenirs, ou des « babioles » comme les appelaient Maxx.

— Cass, ma chérie ! Ma mère se détacha de la foule qui attendait dans le hall et courut vers moi.

Les larmes me montèrent aux yeux quand elle me prit dans ses bras. Cela faisait presque un an que je n'avais pas serré ma mère dans mes bras. Nous avions échangé des messages régulièrement et même eu quelques appels vidéo lorsque Maxx et moi avions visité Ivodi. Mais c'était tellement bon de pouvoir enfin la serrer contre moi à nouveau.

— Maman ! Je la serrai contre moi. Tu m'as manqué. Tellement. Tellement.

Son parfum me rappela la maison, mon enfance, et tout ce qui était merveilleux et inoubliable. Des larmes brillèrent dans ses yeux quand elle se pencha en arrière.

— Oh, ça fait tellement de bien de te voir. Elle renifla. Comment vas-tu ? Comment s'est passé le voyage ? Elle prit mon visage dans ses mains, embrassant mes deux joues.

Je n'eus pas l'occasion de répondre.

— Cass. Papa se fraya un chemin jusqu'à nous à travers la foule. Il m'arracha des bras de ma mère et m'enveloppa dans une étreinte d'ours bien à lui. C'est si bon de t'avoir à la maison. Comment vas-tu ?

Ses yeux sombres brillaient de larmes, aussi, faisant picoter ma gorge d'émotion. Je forçai un sourire, de peur que nous nous mettions tous à sangloter en plein milieu du spatioport.

— Je vais bien, dis-je joyeusement. Nous allons bien tous les deux. Je fis un geste vers Maxx, qui se tenait à proximité, gardant les chariots de bagages. Vêtu d'un trench-coat, d'un pantalon sombre et d'une écharpe, il avait l'air plutôt élégant et chic.

Mes deux parents se tournèrent vers lui.

— Salut Maxx. Ma mère le serra dans ses bras.

Il lui sourit.

— C'est si bon de vous revoir, Madame Davies.

— Oh, Trisha, s'il te plaît. Nous sommes une famille, nous

l'avons toujours été. Et maintenant, vous allez officialiser tout ça la semaine prochaine.

Samedi prochain, j'allais épouser cet homme, devant nos amis et notre famille les plus proches. Nous avions attendu pour la cérémonie de mariage, car nous souhaitions la faire ici, sur Terre, entourés des personnes que nous aimions. Maman avait raison. Cette famille était celle de Maxx autant que la mienne.

— Bonjour, Maxx. Papa serra aussi mon futur mari dans ses bras. Il inclina ensuite la tête, prenant note de la taille impressionnante de Maxx, de ses pieds jusqu'au sommet de ses oreilles. Mon garçon, tu as grandi. Il donna une petite tape sur le bras de Maxx, le faisant rire.

— Depuis la dernière fois que tu l'as vu, il a grandi plusieurs fois, en fait, ajoutai-je.

Maman me frotta le bras.

— C'est tellement bon de vous voir tous les deux. Bon… Elle regarda autour d'elle. Allons à la maison.

La foule se déplaçait autour de nous, les gens nous bousculant ainsi que nos bagages.

Papa jeta un regard inquiet aux deux piles de valises.

— Il va nous falloir une camionnette.

— Ou une semi-remorque, dit Maxx d'un ton pince-sans-rire, faisant pouffer mon père. Ils prirent chacun un chariot et se dirigèrent vers la sortie, ouvrant la voie pour Maman et moi.

— Hé ! Quelqu'un cria de la foule. Joli costume !

Les oreilles de Maxx se tournèrent vers le son.

— Merci.

Ses queues remuèrent, dépassant de la fente arrière de son manteau.

Je remarquai pas mal de gens en costume dans la foule. Certains étaient déguisés en extraterrestres puisque nous étions dans un spatioport, après tout. Certains pouvaient aussi être de vrais extraterrestres.

— C'est Halloween aujourd'hui, n'est-ce pas ? Je me souvins de la date du jour.

C'était le seul jour de l'année où Maxx s'intégrait parfaitement. Les autres jours, nous aurions reçu beaucoup plus de regards et de questions. Les extraterrestres étaient encore rares sur Terre. Même ici, dans le spatioport, la foule était composée principalement d'humains qui voyageaient vers la Lune pour des vacances ou qui visitaient l'une des attractions en orbite autour de la Terre.

Bien sûr, étant le seul de son espèce, Maxx se serait démarqué sur n'importe quelle planète de l'Univers, pas uniquement sur Terre. Il s'en rendait sûrement compte, mais cela ne semblait pas le déranger. Il marcha avec assurance vers les taxis, avec ses queues se balançant, les oreilles dressées.

Ma mère passa son bras sous le mien, me tirant plus près.

— Je ne sais vraiment pas comment je pourrai vous laisser repartir un jour, gémit-elle.

Je souris.

— Maman, on vient juste d'arriver, et tu t'inquiètes déjà de notre départ ?

— Je sais, je sais. Mais deux mois, ça ne me semble pas assez long.

Même si nous prévoyions de passer la majeure partie de notre séjour avec la famille, Maxx et moi souhaitions aussi voyager pendant quelques semaines après le mariage. Juste tous les deux. Il y avait quelques endroits sur Terre que nous voulions voir avant de retourner à Rimall.

J'aurais aimé pouvoir rester plus longtemps, mais je n'avais que deux mois de vacances. Et Maxx devait aussi retourner à son travail avec l'équipe de sécurité.

— Vous pourriez venir avec nous, suggérai-je.

— Quitter la Terre ? s'exclama Maman.

— Pourquoi pas ? Papa pourrait prendre un congé. Et tu travailles à temps partiel, de toute façon, maintenant. Vous pourriez nous accompagner à Rimall pour des vacances. Et si ça vous plaît là-bas, vous pourriez emménager de façon permanente quand Papa prendra sa retraite dans quelques années.

— Oh, ça m'a l'air charmant. J'adorerais être plus proche de toi. Elle s'anima.

— Nous serions si proches, vraiment à quelques pas. Le complexe n'est pas si grand. Mais c'est calme et isolé. C'est un énorme changement après avoir vécu dans une grande ville. Mais Maxx et moi adorons ça. Peut-être que vous l'aimerez aussi ? Vous pouvez également voyager si vous vous ennuyez. Les stations balnéaires sur les lunes de Rimall sont fantastiques.

Plus je parlais, plus l'idée qu'ils déménagent à Rimall me semblait logique. L'idée de les avoir près de nous me semblait formidable. J'espérais qu'ils l'aimeraient aussi.

Maman semblait intéressée.

— Je devrai en parler avec Papa, bien sûr, dit-elle. Mais ce serait merveilleux d'être avec vous à nouveau. Avec vous deux. Surtout quand le bébé arrivera.

— Un bébé ? Je faillis trébucher sur le sol lisse.

Maman me jeta un regard en coin.

— Vous prévoyez d'avoir une famille un jour, n'est-ce pas ? L'inquiétude rapprocha ses sourcils sombres quand elle regarda le dos de Maxx qui marchait devant avec mon père et nos bagages. Est-ce qu'il peut… euh ?

— Oh oui, il peut. Je ris pour masquer la chaleur qui me montait au visage.

Dans mes appels vidéo et mes messages, j'avais été ouverte au sujet de Maxx, de ses origines et de notre relation. Mais je n'étais pas allée jusqu'à discuter de son système reproducteur et de ses capacités. Ma mère, bien sûr, ne savait pas que le matériel génétique pour son futur petit-enfant était déjà stocké dans mon corps, attendant le moment où j'arrêterais la contraception pour prendre le relais.

Paniquerait-elle si je lui disais que des substances cybernétiques extraterrestres de haute technologie vivaient dans le corps de sa fille, attendant le moment opportun pour la féconder. Il valait mieux attendre un meilleur moment pour mentionner ce genre de choses.

Mon père se retourna, faisant des gestes excités vers le plus grand taxi de la file.

— Celui-là devrait tous nous prendre, non ?

— Oui, chéri. Maman se précipita pour organiser et superviser le chargement de nos affaires.

Je les regardai s'affairer devant le coffre du véhicule, Maman et Papa gênant surtout Maxx pendant qu'il chargeait nos valises, en soulevant trois à la fois. Comme s'il sentait mon regard, Maxx me fit un sourire et un clin d'œil par-dessus son épaule.

C'était une bonne journée. Cela promettait d'être une visite incroyable. Et notre avenir semblait meilleur que jamais. Je souris si largement que ma bouche me fit mal, et je lui articulai silencieusement : « *Je t'aime.* »

« *Je t'aime aussi* » formèrent ses lèvres en réponse.

J'avais hâte de passer le reste de ma vie avec cet homme.

À PROPOS DE LA COLLECTION UN ALIEN POUR LES FÊTES

Contrairement à toutes mes autres collections, Un Alien pour les fêtes n'a pas d'intrigue commune. Les livres de cette collection sont indépendants et peuvent être lus dans n'importe quel ordre. Je n'ai pas l'intention de me priver d'écrire dans cette collection lorsque l'inspiration me viendra.

Pour suivre toutes les nouveautés, inscrivez-vous à la newsletter de l'auteur :

www.marinasimcoe.com/français

POUR EN SAVOIR PLUS SUR MARINA SIMCOE

ROMANS D'AMOUR PARANORMAUX

Le Monde de la Rivière des Brumes

Corbeau sans ailes

Roi sans couronne

Le Feu dans la pierre

Cœurs en feu

La Caresse du serpent

La Conquête du serpent

La Ménagerie des Curiosités de Madame Tan

L'appel de l'eau

Folie de la lune

Le Puissance de la rage

ROMANS D'AMOUR de SCIENCE-FICTION

Un Alien pour les fêtes

Mon mariage avec krampus

Mon minuscule géant

Mon escapade d'anniversaire

Une mère par correspondence

Nouvelle année, nouvelle planète

Mon petit potiron

Qu'est-ce qui fait d'un alien un père ?

À PROPOS DE L'AUTEUR

Marina Simcoe aime écrire des histoires d'amour avec des personnages, qui peuvent être humains ou non, car elle croit fermement que notre monde contemporain a toujours besoin d'un peu de fantaisie.

Elle s'amuse beaucoup à explorer comment ses personnages fantastiques, dotés de leurs propres croyances, valeurs et aspirations, s'adaptent à notre vie de tous les jours.

Elle vit au Canada avec son grincheux de brute bien à elle, leurs trois jeunes enfants et un chat, qui est assurément unique en son genre.

Pour être tenir informé de ses prochains livres, veuillez consulter la page de Marina Simcoe sur Facebook ou le site de l'auteure.

facebook.com/MarinaSimcoeAuthor
instagram.com/marinasimcoeauthor
bsky.app/profile/marinasimcoe.bsky.social
goodreads.com/MarinaSimcoe
patreon.com/MarinaSimcoe